Die Zeugen

Wahre Verbrechen Von Mord und Totschlag

Alexander Apeitos
Stefanie Plugge-Henze

Die Zeugen

Wahre Verbrechen   Von Mord und Totschlag

Dieses Buch beruht auf wahren Begebenheiten. Die beschriebenen Geschichten spiegeln tatsächliche Ereignisse wider, wie sie von den Beteiligten erlebt und berichtet wurden. Zum Schutz der Privatsphäre der handelnden Personen wurden deren Namen geändert.

MIX
Papier | Fördert gute Waldnutzung
FSC® C106954

1. Auflage 2024

978-3-8000-7876-9

Covergestaltung: Saskia Beck | s-stern.com
Satz: Lisa Wilfinger | Carl Ueberreuter Verlag
Coverfoto: AdobeStock
Innenillustrationen: iStock
Druck und Bindung: Imprint d.o.o. | Ljubljana, Slowenien

www.ueberreuter.at

Im Andenken an meinen Papa: Deine Weisheit, Liebe und Geduld haben mein Leben geprägt. Dieses Buch ist ein Zeichen meiner ewigen Dankbarkeit und Liebe zu dir.

– Steffi

Für Mama. Ich liebe dich.

– Alex

INHALT

VORWORT

Liebe Leserinnen und Leser,

es ist uns eine große Freude, euch mit unserem ersten Buch in die Welt der wahren Verbrechen zu entführen – diesmal auf eine etwas andere Art und Weise.

Die Idee zu diesem Buch entstand aus dem Wunsch, wahre Kriminalfälle nicht nur im Stil, wie ihr ihn aus unseren Podcasts kennt, zu behandeln. Stattdessen wollten wir einen Ansatz wählen, der die Realität mit der Fiktion verbindet und so eine besondere Atmosphäre schafft.

Deshalb haben wir uns entschlossen, fiktive Ich-Erzählerinnen und -Erzähler ihre Geschichten über echte Verbrechen erzählen zu lassen. Diese Erzählperspektive ermöglicht es uns, tiefere Einblicke in die Gedanken und Emotionen der beteiligten Personen zu gewähren und das Geschehene auf eine eindringliche und zugleich spannende Weise zu beleuchten.

Die Mischung aus tatsächlichen Ereignissen und fiktiven Erzählungen soll Spannung und Vorfreude wecken – auf jede einzelne der neun Geschichten, die euch in dem Buch erwarten.

Während des Schreibprozesses haben wir uns intensiv mit den Verbrechen auseinandergesetzt, die wir hier darstellen. Es war eine Reise voller Entdeckungen und Herausforderungen, die uns oft an unsere Grenzen brachte. Doch die Vorstellung,

euch durch unsere Geschichten in die Tiefe dieser Verbrechen eintauchen zu lassen, hat uns immer wieder aufs Neue motiviert.
Wir laden euch ein, euch mit uns auf eine aufregende Reise zu begeben und die Welt der wahren Verbrechen aus einer neuen Perspektive zu erleben. Wir hoffen, dass diese Erzählweise euch ebenso fesseln und faszinieren wird wie uns.

In gespannter Erwartung auf eure Reaktionen,

Steffi und Alex

GEHEIMCODE 5412

VANESSA
34 JAHRE
STUTTGART

WAR IN DER PARALLELKLASSE
VON DANIEL UND CHRISTOPHER

Ich kann mich noch genau daran erinnern, wie ich zwei Tage nach diesem schrecklichen Verbrechen zum Haus von Daniel gegangen bin. Seine Eltern und Schwestern, die wenige Stunden zuvor hier ihr Leben verloren, hatte ich nicht gekannt. Dennoch war es mir ein Bedürfnis, meiner Bestürzung über diese grausame Tat Ausdruck zu verleihen. Ich war damals 19 Jahre alt und hatte vorher noch keine Berührungspunkte mit dem Tod gehabt. Sie wissen selbst, dass dieses Thema in dem Alter unter normalen Umständen nicht das attraktivste bei Jugendlichen ist.

Bevor ich mich auf den Weg machte, ging ich in einen Drogeriemarkt, kaufte eine von diesen roten Grabkerzen, machte einen Abstecher zu einem Blumengeschäft und nahm dort einen kleinen Strauß gelber Osterglocken mit – passend zum Osterwochenende.

Meine Knie fühlten sich an, als bestünden sie aus weichem Pudding. Mein Hals war ganz trocken, meine Hände dafür umso feuchter. Es war das erste Mal in meinem Leben, dass ich so eine unangenehme Beklemmung verspürte – vielleicht kann ich mich deshalb auch noch so gut daran erinnern.

Als ich an dem eierschalengelben Haus der Familie Klein ankam, fiel mein Blick sofort auf die weiß getünchte Bank, die neben dem Hauseingang stand. Auf dem verwitterten Holz hatten schon einige Nachbarn, Bekannte und Freunde der Familie Blumengestecke niedergelegt. Davor befand sich ein winziges Meer aus flackernden Trauerkerzen. Ich legte meinen Blumenstrauß zu den anderen, zündete meine Kerze an und stellte sie zu dem kleinen Lichtermeer.

Daniel tat mir so leid. Zugegeben: Gut kannte ich ihn nicht. Er ging in meine Parallelklasse. Aber hin und wieder hatten wir auf dem Schulhof mal ein paar Worte gewechselt. An Daniel kam man aber auch irgendwie nicht vorbei, jeder auf dem Wirtschaftsgymnasium wusste, wer er war. Nicht nur, weil er extrovertiert war, sondern auch, weil er im Schultheater als wirklich guter Laiendarsteller aufgefallen war.

Wer mir auch unheimlich leidtat, war Daniels bester Freund Christopher Fischer – auch ihn muss das Verbrechen sehr erschüttert haben. Christopher ging auf das gleiche Wirtschaftsgymnasium wie Daniel und ich. Ich weiß aber nicht mehr, ob die beiden Jungen auch in einer Klasse gewesen sind. Was ich aber noch sehr gut in Erinnerung habe, ist, dass Christopher wie Daniels Schatten war. Er klebte förmlich wie ein ABC-Pflaster an ihm. In der Schule gingen sogar Gerüchte herum, dass es sich, zumindest von Christophers Seite aus, nicht nur um eine Freundschaft handelte. Das wäre an sich ja auch nicht weiter verwerflich gewesen, aber irgendwie ... Die beiden passten von ihrem Wesen her so gar nicht zusammen. Christopher war eher ein schüchterner Typ. Aber vielleicht war es ja grade auch das, was ihre Freundschaft ausmachte. Christophers Vater sagte irgendwann mal gegenüber einem Journalisten, dass die beiden Jungen wie zwei Zahnräder ineinandergepasst hätten.

Am Morgen des Karfreitags frühstückten die beiden Freunde bei den Eltern von Christopher, bevor sie beschlossen, den restlichen Tag bei Daniel verbringen zu wollen. Dort angekommen, bot sich ihnen ein schreckliches Bild. Daniels Eltern lagen im Eingangsbereich des Hauses – tot. Erschossen. Es musste alles sehr schnell gegangen sein, denn sie hatten nicht einmal mehr die Gelegenheit gehabt, sich ihre Jacken auszuziehen. Doch als hätte das Entsetzliche damit nicht schon seinen Höhepunkt erreicht, offenbarte sich im Obergeschoss des Hauses ein weiterer Albtraum. Auch Daniels beide Schwestern hatte der Mörder hingerichtet. 31 Schüsse wurden in dieser Nacht abgegeben. Können Sie sich vorstellen, dass dies unbemerkt von anderen Bewohnern der Straße blieb? Aber genau so war es. Niemand hatte etwas von dem Vierfachmord mitbekommen. Womöglich hatte niemand in der Nachbarschaft die Schüsse gehört, weil selbst gebaute Schalldämpfer aus Plastikflaschen benutzt worden waren. Aber das kam natürlich erst viel später heraus. Zunächst schien es unerklärlich, dass es keine Zeugen des brutalen Verbrechens gab.

Nach der fürchterlichen Entdeckung setzte Daniel einen Notruf ab. Als die Einsatzkräfte am Haus der Familie Klein angekommen waren, kauerten die beiden Freunde auf dem Bürgersteig. Sie sollen fix und fertig gewesen sein – verständlicherweise. Die Nachricht vom Tod der Familie machte im Ort schnell die Runde und so wussten schon bald alle, dass der 18-Jährige von einem Tag zum nächsten alle seine nächsten Angehörigen verloren hatte. Mich überkam damals allein bei dem Gedanken daran, dass Daniel sich jetzt wahrscheinlich wie der einsamste Mensch auf dieser Welt vorkommen musste, ein seltsames Gefühl. Es war eine Mischung aus Mitleid, aber auch Angst. In den ersten Tagen war ja gar nicht klar, wer die Familie getötet hatte.

Mein Vater ist Polizist. Er versuchte, mir die Sorge, dass auch meiner Familie so etwas passieren könnte, zu nehmen. Er sagte, dass nach all den schockierenden Berichten in der Zeitung und den bedrückenden Nachrichten im Radio vieles darauf hindeute, dass der Täter mit besonderer Aggression aus einem zutiefst persönlichen Motiv gehandelt haben musste. 31 Schüsse – ein klassischer *Overkill*, wie er mir erklärte: Der Täter tut mehr, als nötig ist, um sein Opfer zu töten. Außerdem ließ sich der Berichterstattung entnehmen, dass im Haus der Familie

Klein nichts entwendet worden war und dass die Ermittler keine Einbruchsspuren feststellen konnten. Selbst Laien war damit klar, dass höchstwahrscheinlich kein Raubmord stattgefunden hatte.

Was unterdessen allerdings wohl niemand ahnte, war, dass ausgerechnet Daniel und Christopher in das Visier der Ermittler geraten waren. Einige Tage nach den Morden, es muss Mitte April 2009 gewesen sein, machten zunächst Gerüchte die Runde, dass die beiden Freunde verhaftet worden waren. Sie können sich bestimmt vorstellen, dass das Entsetzen bei uns allen groß war. Nur wenige Stunden später wurde die Nachricht durch die Medien bestätigt. Es war für mich kaum vorstellbar, dass sich zwei meiner Schulkollegen im Gefängnis befanden, während für mich nach den Osterferien der normale Schulalltag wieder begann.

Aber so richtig krass wurde es, als bekannt wurde, dass Christopher ein Geständnis abgelegt hatte. Er sagte, dass sich Daniel den Mord an seiner Familie ausgedacht und ihn gebeten habe, seinen Plan in die Tat umzusetzen.

Erst sagte Christopher, er habe nur die Mutter erschossen, dann erklärte er, er habe alle Familienmitglieder allein ermordet. Außerdem verriet Christopher den Vernehmern, wo sich das Waffenversteck befand. Die Tatwaffe, samt der Kleidung, die sie während der Morde trugen, hatten sie im nahe gelegenen Waldstück in einem Erdloch vergraben.

Aber erst, als den beiden Freunden der Prozess gemacht wurde, kam das ganze Ausmaß ihrer Taten ans Tageslicht. Ich wusste damals zum Beispiel nicht, dass die zwei Mitglieder in unserem örtlichen Schützenverein gewesen waren. Wovon ich aber gehört hatte, war der Einbruch in das Vereinsheim der Schützen, bei dem 17 Pistolen und 15.000 Schuss Munition geklaut worden waren. Sie liegen richtig: Dafür waren niemand Geringere als Daniel und Christopher verantwortlich gewesen.

Ich wusste auch nie, was es bedeutete, wenn sich Christopher und Daniel ab und zu die Zahlen „5 4 1 2" zuriefen. Erst während der Verhandlung kam heraus, dass es sich dabei um einen Geheimcode handelte. Die *5* stand für alle Familienmitglieder der Familie Klein: Vater, Mutter, die beiden Schwestern und Daniel. Die *4* stand für die Mitglieder, die getötet werden mussten. Die *1* symbolisierte, dass nur Daniel die Nacht zum Karfreitag überleben sollte und die *2* stand symbolisch für die Freundschaft zwischen den beiden Jugendlichen. Glauben Sie nicht auch, dass das ein klares Zeichen dafür ist, dass sie die Tat schon lange im Vorfeld geplant haben mussten?

Während der Berichterstattung über den Prozess kam dann auch der Tatablauf ans Licht: Am Abend des 9. April 2009 gingen Daniels Eltern zum Feiern in eine Kneipe. Die Schwestern, beide Pädagogikstudentinnen, machten es sich im Obergeschoss des Hauses gemütlich und schauten gemeinsam einen Film an. Irgendwann zwischen 21.00 Uhr und 23.00 Uhr schlichen sich Christopher und Daniel in das Zimmer. Sie richteten ihre Waffen auf die beiden jungen Frauen. Eine der Schwestern soll noch gefragt haben, was der Scheiß denn solle, dann drückten sie ab – 19-mal.

Nachdem sie den ersten Teil ihres Plans hinter sich gebracht hatten, zogen sich die beiden Mörder frische Klamotten an und statteten Daniels Eltern in der Gaststätte einen Besuch ab. Das muss man sich mal durch den Kopf gehen lassen! Wenige Minuten zuvor hatten die beiden zwei Menschenleben kaltblütig ausgelöscht und jetzt scherzten sie fröhlich mit dem Ehepaar Klein, das nicht den Hauch einer Ahnung hatte, dass ihre beiden ältesten Kinder ermordet worden waren – von ihrem jüngsten Sohn und dessen bestem Freund. Und was den dreifachen Eltern noch bevorstand – das hätten sie sich bestimmt nicht einmal in ihren schlimmsten Albträumen ausmalen können.

Die beiden Freunde blieben nicht lange in der Kneipe, bis sie sich von Daniels Eltern verabschiedeten und sich auf den Weg zurück zum Haus der Familie Klein machten. Dort angekommen, zogen sie ihre Täterkleidung an, die sie auch schon bei der Ermordung der beiden Schwestern getragen hatten, und legten sich im Flur auf die Lauer. Die Ermittler konnten rekonstruieren, dass das Ehepaar Klein gegen 00.30 Uhr die Kneipe verließ und sich auf den Nachhauseweg machte.

Daniels Eltern mussten die Haustür grade erst hinter sich ins Schloss fallen gelassen haben, als sie in die Gesichter ihrer Mörder blickten, die sofort das Feuer eröffneten. Nachdem Christopher und Daniel Teil zwei ihres Planes in die Tat umgesetzt hatten, machten sie sich daran, die Beweismittel verschwinden zu lassen. Die Nacht verbrachten sie im Haus von Christophers Eltern.

Am nächsten Morgen setzten sie sich – so, als sei nichts gewesen – an den Esstisch und frühstückten. Die Mutter des damals 19-Jährigen sagte später in einem Interview, dass sie vor allem die Tatsache schockierte, dass sowohl Daniel als auch ihr Sohn Christopher sich ganz normal verhielten und sie keine Anzeichen entdeckte, die sie stutzig werden ließen. Nichts ahnend saß sie mit zwei Mördern bei warmen Brötchen und frisch gepresstem Orangensaft zusammen.

Während des Prozesses sagte auch ein Psychiater aus. Er hatte die beiden Angeklagten begutachtet und kam zu dem Schluss, dass sowohl Daniel als auch Christopher voll schuldfähig waren – sie mussten sich also der Tragweite ihrer Handlungen voll bewusst gewesen sein. Christopher habe sich unauflösbar mit seinem besten Freund zusammenschweißen wollen, meinte der psychiatrische Gutachter. Damit lieferte der Experte auch eine Erklärung dafür, warum sich der damals 19-Jährige zu der schrecklichen Tat überreden ließ. Eine Liebschaft zwischen den beiden Angeklagten konnte er nicht erkennen. Damit wurde auch das Gerücht entkräftet, dass die beiden Jugendlichen die Familie ermordeten, weil der angeblich strenge Vater die Liebesbeziehung zwischen den beiden nicht tolerieren wollte.

Das wahre Motiv für die fürchterlichen Morde konnte auch während der Gerichtsverhandlung nicht eindeutig geklärt werden. Die Verteidigung beharrte darauf, dass Daniel sich von seinem unnachsichtigen Vater und den beiden Schwestern, die ihn angeblich gemobbt hatten, befreien wollte. Vielleicht hatten die Anwälte eine Erklärung, warum auch Frau Klein sterben musste. Aber daran kann ich mich nicht erinnern. Die Staatsanwaltschaft hingegen stufte diese Aussage als Schutzbehauptung ein. Sie glaubte, dass das Motiv der beiden Jugendlichen Habgier war. Daniel soll gewusst haben, dass er mehrere Hunderttausend Euro erben würde, wenn seine Familie ums Leben käme. Es hat sogar eine Liste gegeben, auf die Daniel all seine Wünsche schrieb, die er sich mit seinem gemordeten Reichtum erfüllen wollte. Christopher habe er auch an dem Erbe beteiligen wollen.

Der Anwalt von Christopher war der Meinung, dass sein Mandant sich an den Morden beteiligte, weil für ihn die Aussicht, seinen besten Freund zu verlieren, schlimmer war, als das Leben von vier Menschen auszulöschen.

Hatte Christopher zunächst behauptet, alle vier Opfer erschossen zu haben, ging die Anklage nun davon aus, dass beide

Jugendlichen auf Daniels Eltern und seine Schwestern geschossen hatten. Nach dem Verbrechen konnten an den Händen der beiden Freunde Schmauchspuren gesichert werden. Ein untrügliches Zeichen dafür, dass sie kurze Zeit zuvor in der Nähe einer Waffe gewesen sein mussten, die abgefeuert worden war.

Der Richter teilte die Einschätzung der Staatsanwaltschaft und erkannte in den Taten das Mordmerkmal der Habgier. Daniel, zum Tatzeitpunkt 18 Jahre alt, wurde nach dem Erwachsenenstrafrecht verurteilt und erhielt die in Deutschland höchstmögliche Strafe: lebenslange Haft mit Feststellung der besonderen Schwere der Schuld. Christopher, der ja behauptet hatte, die Morde allein ausgeführt zu haben, kam mit einer vergleichsweise milden Strafe davon. Da ihm eine Entwicklungsstörung attestiert wurde, wurde er nach dem Jugendstrafrecht verurteilt – obwohl er zum Tatzeitpunkt ein Jahr älter als Daniel war. Der Richter verurteilte ihn, im Rahmen der Möglichkeiten, die das Jugendstrafrecht bietet, ebenfalls zu der höchstmöglichen Strafe. Christopher musste die nächsten zehn Jahre in einer Haftanstalt verbringen.

Im April 2019, als sich die Morde zum zehnten Mal jährten, titelte eine Zeitung, dass Christopher noch vor Ablauf seiner Haftstrafe aus dem Gefängnis entlassen worden war. Doch das letzte Mal, dass ich ihn gesehen habe, war auf dem Schulhof vor den Osterferien 2009 – ebenso wie Daniel. Was Christopher heute macht – keine Ahnung. Daniel müsste mittlerweile 33 Jahre alt sein und möglicherweise noch immer im Knast sitzen. Irgendwie ist es eine Ironie des Schicksals, wenn man überlegt, dass sein Plan gewesen sein soll, das Erbe seiner Eltern zu berappen, um ein Leben in Saus und Braus zu führen – stattdessen fristet er nun die besten Tage seines Lebens hinter Gittern.

MORD UNTER KOLLEGEN

SVEN
56 JAHRE
FRANKEN

BERUFSKOLLEGE

Schon mein Vater ist Bestatter gewesen. Als er sich zur Ruhe setzte, trat ich in seine Fußstapfen. Bestatter ist ein sicherer Beruf, denn gestorben wird schließlich immer. Ich hoffe, Sie nehmen mir meinen schwarzen Humor nicht übel. Jeder entwickelt Strategien, um mit dem Unabänderlichen fertig zu werden. Aber keine Sorge, die Toten haben sich noch nie beschwert. Gegenüber den Angehörigen eines Verstorbenen bin ich stets freundlich und zuvorkommend bei gleichzeitiger Zurückhaltung. Die Menschen, die in mein Bestattungsunternehmen kommen, haben einen schweren Verlust erlitten. Jeder, der schon einmal einen geliebten Menschen verloren hat, weiß, wie überwältigend der seelische Schmerz sein kann. Für einen Bestatter ist Empathie deshalb eine weitere unabdingbare Eigenschaft, die man mitbringen sollte.

Umso überraschter war ich, als Markus Künzel in unserer Stadt ebenfalls ein Bestattungsunternehmen eröffnete. Abgesehen davon, dass es hier nicht noch einen weiteren Totengräber gebraucht hätte – er passte so gar nicht in unsere Branche.

Ein Mann, der sein Arbeitsleben den Toten widmet, sollte sein Hemd nicht bei jeder Gelegenheit offen tragen. Ich meine, wir sind ja nicht bei „Bestatter sucht Frau“. Die nicht geschlossenen Knöpfe offenbarten nicht nur die protzige Goldkette, die er stets trug, sondern auch eine ausgeprägte Brustbehaarung. Die Haare hatte er immer zu einer aufwendigen Föhnfrisur gestylt, die wie ein Helm aus Beton wirkte.

Wenn Künzel sprach, war es, als würde ein Donner grollen. Er sprach so laut, dass die Menschen in seiner Umgebung ihre Gespräche einstellten und zuhörten, was er zu sagen hatte –

und er hatte viel zu sagen. Je abenteuerlicher die Geschichten waren, die er zum Besten gab, desto wilder gestikulierte er mit seinen fleischigen Händen. Eines muss ich ihm aber lassen: Mit seinem Lachen, das wie ein wild gewordener Presslufthammer klang, gelang es ihm, auch den schwermütigsten Menschen ein Lächeln abzuringen. Vielleicht, weil sie dachten, wenn sie nicht lachen, könnten sie in seinem nächsten Sarg landen.

Künzel stellte seinen Besitz gerne zur Schau und ließ alles, was ihm gehörte, als besonders wertvoll erscheinen. Es dauerte nicht lange, bis er in der ganzen Stadt bekannt war wie ein bunter Hund. Was ironisch ist, wenn Sie bedenken, dass sein Geschäft eher schwarz war.

Sooft Künzel konnte, fuhr er mit seiner Frau auf dem Beifahrersitz mit dem Leichenwagen durch die Straßen. Das Maskottchen seines Bestattungsinstitutes, ein zugegebenermaßen niedlicher Chihuahua, war bei den täglichen Spazierfahrten stets mit von der Partie. Meine Kollegen und ich tuschelten über Künzel, diesen sonderbaren Zeitgenossen, der es anscheinend dennoch schaffte, Aufträge an Land zu ziehen. Niemand konnte den Mann und seine fantastischen Geschichten so recht einordnen.

Mir erzählte er einmal bei ein paar Bieren auf dem Schützenfest seine gesamte Lebensgeschichte – und das, obwohl uns ein gemeinsamer Kollege erst kurz zuvor miteinander bekannt gemacht hatte. Schon damals beschlich mich das ungute Gefühl, dass Künzel hinter seinem lauten Lachen eine dunkle Seite zu verstecken versuchte. Er quasselte wie ein Wasserfall und erzählte, dass er als Sohn eines Diplomaten in Afrika geboren wurde und wegen der Tätigkeit seines Vaters in Kanada aufgewachsen war. Dort sei er sehr erfolgreich unter die Bestatter gegangen. Ich erinnere mich allerdings nicht mehr, wann Künzel sich letztlich in Deutschland niederließ.

Seinen größten Auftrag hat er im Dezember 2004 erhalten. Sie erinnern sich bestimmt noch an die schwerwiegenden Tsunamis im Indischen Ozean, die durch ein Erdbeben ausgelöst wurden. 230.000 Menschen verloren durch die verheerende Kraft der Wassermassen und die damit einhergehende Zerstörung ihr Leben. Nebst Polizisten, Ärzten und anderen freiwilligen Helfern sei man auch auf Künzel zugekommen und habe ihn gebeten, die Bestattung von 8000 Opfern zu übernehmen. Er brüstete sich damit, dass er durch den Auftrag gute Kontakte geknüpft hätte. Was gibt es auch Besseres als eine Katastrophe, um als Bestatter neue Geschäftskontakte zu akquirieren?

Dem Leiter des Krematoriums im Ort erzählte Künzel eines Tages, dass er einen Großauftrag aus Italien erhalten hätte. 5000 Leichen versprach er ihm – ein Geschäft, das es kein zweites Mal geben würde. Doch es gab es schon kein erstes Mal, denn der versprochene Großauftrag ging nie bei dem Krematorium ein.

Nachdem Künzel in unserer Stadt aufgetaucht war, dauerte es nicht lange, bis die meisten Menschen, die mit ihm zu tun hatten, wussten, dass man sein Wort nur selten für bare Münze nehmen konnte. Schnell zeigte sich ein Muster: Künzel erzählte wilde Geschichten, in denen er mit spannenden Erlebnissen und Erfolgen prahlte, gefolgt von Versprechen, die meistens zu gut erschienen, um wahr zu sein – und am Ende platzten seine Zusicherungen auch immer wie Seifenblasen. Ich glaube, uns allen war bewusst, dass in Künzels Leben nichts alles Gold war, was glänzte. Aber niemand ahnte, dass sein Scheinleben noch viel ausgeprägter war.

Erst später erfuhr ich, was ich damals bereits vermutete: Künzel, der mit Geburtsnamen eigentlich Schneider hieß, war weder in Afrika geboren, noch war sein Vater ein Diplomat gewesen. Tatsächlich war Künzel in der Großstadt geboren worden, in der er später sein Bestattungsunternehmen eröffnete. Man könnte sagen, dass er sich von der Wiege bis zur Bahre nicht weit bewegt hatte. Künzels Werdegang war viel weniger glamourös, als er es einen immer glauben machen wollte. Mit 15 Jahren machte er seinen Hauptschulabschluss und begann kurz darauf eine Lehre zum Koch, die er allerdings schon bald abbrach. Wahrscheinlich, weil seine Kochkünste nicht einmal einen Toten beeindrucken konnten. Fortan jobbte er als Musiker und DJ in lokalen Diskotheken und konnte es sich so schließlich leisten, kurz vor seiner Volljährigkeit sein Elternhaus zu verlassen.

Mitte der 80er-Jahre lernte er bei einem seiner Klubbesuche eine junge Frau kennen. Künzel gab sich der Lehrerin gegenüber als Arzt aus. Zwölf Monate lang waren sie ein Paar. In dieser Zeit brachte Künzel es fertig, Anja um 300.000 D-Mark zu bringen. Zunächst hatte er sie nur um kleinere Beträge gebeten. Doch als er den Hals nicht voll bekommen konnte, musste er kreativ werden, Für den Geschichtenerzähler war das ein Leichtes. Er log, dass ein Fremder intime Bilder des Pärchens hätte und nun drohte, die Fotos zu veröffentlichen, wenn Künzel ihm nicht 100.000 D-Mark zukommen lassen würde. Anja gab ihrem Partner einen Großteil der geforderten Summe.

Aber nicht nur die Lehrerin ging dem Betrüger auf dem Leim. Auch seinen Steuerberater bat Künzel immer wieder um eine Finanzspritze. Mal musste er angeblich einen Anwalt bezahlen, dann wieder habe er ein innovatives Geschäftsmodell entdeckt, das einen unglaublichen Gewinn verspreche, würde der Steuerberater ihm mit einem Startkapital unter die Arme greifen. Allerdings war der einzige Gewinner bei all diesen Aktionen Markus Künzel. Der konnte sich schon bald einen kostspieligen Rolls Royce leisten, mit dem er wiederum Eindruck bei den Mitmenschen machte, um deren finanzielle Hilfe er bat.

Es muss 1987 gewesen sein, als Anja den dubiosen Geschäften ihres Partners ein vorläufiges Ende setzte. Sie war es leid, Künzel immer wieder vergeblich um Rückzahlung des Darlehens zu bitten. Als der von heute auf morgen untertauchte und für Anja nicht mehr zu erreichen war, erstattete sie Anzeige. Es dauerte nicht lange, bis die Polizei den Gesuchten ausfindig machte und er sich für sein Handeln vor Gericht verantworten musste. Wenn Künzel nur halb so viel Zeit mit ehrlicher Arbeit verbracht hätte wie mit Betrügereien, wäre er wohl eines Tages Milliardär geworden. Der Richter verurteilte den Angeklagten wegen Betruges zu einer Haftstrafe von drei Jahren.

Die Zeit hinter Gittern konnte Künzel jedoch nicht läutern. Kaum wieder in Freiheit, ging er seinen kriminellen Machenschaften weiter nach. Was er in der Zeit genau anstellte, weiß ich nicht, aber vier Jahre nach seiner ersten Verurteilung fand er sich erneut vor Gericht wieder. Diesmal verdonnerte ihn der Richter wegen Betruges abermals zu einer Haftstrafe von drei Jahren. Während Künzel in seiner trostlosen Gefängniszelle hockte, beschloss er, seinen Geschäftszweig zu wechseln und unter die Bestatter zu gehen.

Nach seiner Entlassung aus der Haftanstalt lief es bald auch in der Liebe wieder rund. Künzel lernte eine Frau kennen, die großzügig über sein Vorleben hinwegsah. Kurz vor der Jahrtausendwende gab das Paar sich das Ja-Wort. Künzel nahm den Nachnamen seiner Ehefrau an. Damit eröffneten sich ihm ungeahnte Möglichkeiten, denn mit seinem Geburtsnamen legte er auch seine kriminelle Vergangenheit ab. Seine Weste schien nun auf den ersten Blick blütenweiß wie ein Leichentuch zu sein.

Allerdings merkte Künzel schnell, dass die Einnahmen seines Institutes bei Weitem nicht ausreichten, um seinen pompösen und ausschweifenden Lebensstil zu finanzieren. Er leerte die Kasse schneller, als seine Mitarbeiter sie wieder füllen konnten.

Früher, als er wohl selbst gehofft hatte, musste Künzel wieder in seine Trickkiste greifen. Ihm war wohl bewusst, dass die Prahlerei mit seinem Hab und Gut sonst schon bald der Vergangenheit angehören würde.

Frank Becker kannte ich schon seit Kindheitstagen. Unsere Väter waren nicht nur berufliche Konkurrenten, sondern auch Freunde. Wie ich trat auch Frank in die Fußstapfen seines alten Herrn. Doch anders als bei mir, lief das Bestattungsinstitut meines Kumpels mehr schlecht als recht. Es ist wohl nicht zu viel gesagt, wenn ich behaupte, dass Franks Ansprüche an sich und sein Geschäft drohten, ihn in den Ruin zu treiben. Für ihn war die Arbeit mit den Toten nicht nur eine Möglichkeit, seinen Lebensunterhalt zu verdienen, er sah sie als Berufung. Er hatte große Pläne für sein Bestattungsinstitut. Aus dem kleinen Familienunternehmen sollte eines Tages etwas ganz Großes werden. Zunächst plante er den Bau eines hauseigenen Krematoriums, das er nicht allein für die Einäscherung der Verstorbenen seiner Kunden zu nutzen gedachte. Auch anderen Bestattern wollte er die Dienstleistung anbieten und so Geld in die Kassen spülen. Ich habe mich schon damals gefragt, wie er den Bau finanzieren würde. Seine Familie nagte zwar nicht am Hungertuch, aber größere Reichtümer vermutete ich auch nicht.

Tatsächlich stellte sich dann auch schon bald heraus, dass Frank beim Überschlagen der benötigten finanziellen Mittel anscheinend einige Fehler unterlaufen waren. Der Bau des Krematoriums stellte sich als ein nicht stemmbares Unterfangen heraus und er drohte unter der wirtschaftlichen Last zu zerbrechen. Schon bald stand eine Insolvenz im Raum. Frank stand kurz davor, alles zu verlieren. Neben dem Familienunternehmen stand sein gesamtes Vermögen auf dem Spiel. Er hatte dringend einen finanziellen Defibrillator nötig, um sein Unternehmen wiederzubeleben – wenn Sie verstehen, was ich meine. Die Aussicht, bald vor dem Nichts zu stehen und sein Gesicht zu verlieren, musste ihn um den Verstand gebracht haben.

Über einen Kollegen, der gehört hatte, dass Künzel gute Kontakte habe, und der Frank unbedingt helfen wollte, den Bau des Krematoriums doch noch zu realisieren, um ihn so vor der finanziellen Misere zu retten, lernten sich die beiden Männer kennen. Künzel präsentierte sich Frank gegenüber als Retter in der Not, der bereitwillig in die Bresche sprang. Er bezahlte üppige Geschäftsessen und lud Frank sogar zu teuren Urlauben ein, um ihm glaubhaft zu machen, dass er sehr vermögend sei. Dann bot er Frank einen Deal an, den dieser in seiner misslichen Lage kaum ausschlagen konnte: Künzel wollte Franks Beerdigungsunternehmen sowie dessen Wohnhaus auf seine Frau überschreiben lassen. An sich ein raffinierter Schachzug – denn was Frank nicht gehörte, konnte auch nicht gepfändet werden.

Doch wie schon viele Menschen zuvor musste auch Frank schnell feststellen, dass Künzel ein Mann großer Worte, nicht aber großer Taten war. Zwar wurde sein ganzes Hab und Gut an Künzels Frau übertragen – Frank sah jedoch keinen einzigen Cent von der versprochenen Verkaufssumme. Immer wieder versucht er, das Gespräch auf das ausstehende Geld zu lenken, doch Künzel war auf dem Ohr taub. Aber nicht nur das: Frank arbeitete weiterhin in dem Bestattungsunternehmen, das einst seinen Namen getragen hatte – und das, ohne Gehalt zu bekommen.

Eines Tages kam Künzel dann mit der nächsten Botschaft um die Ecke: Frank solle das Haus räumen, denn er und seine Ehefrau wollten dort nun einziehen. Können Sie sich das vorstellen? Das ist an Dreistigkeit doch nicht mehr zu überbieten! Frank blieb jedoch nichts anderes übrig, als ein paar Habseligkeiten zu packen und das Feld zu räumen. Fortan verbrachte er die Nächte in billigen Absteigen. Die Rechnungen dafür beglich Künzel gnädigerweise hin und wieder. Aber wenn das nicht der Fall war, blieb Frank nichts anderes übrig, als im Bestattungsinstitut zu schlafen. Manche Kollegen witzelten, dass er ein echter Mann seines Handwerkes sei – immer bereit, sich selbst einzulagern.

Eines Tages traf ich eine ehemalige Mitarbeiterin von Frank im Supermarkt. Ihr neuer Chef war ja nun Künzel. Die Frau erzählte mir, dass der neue Besitzer des Bestattungsunternehmens ziemlich unangenehm sei und mit ihrem früheren Chef umspringe, wie es ihm gefalle. Erst kürzlich habe Künzel Frank mit Essen bespuckt und ihm den Tod gewünscht. Das nenne ich mal ein herzhaftes Mittagessen.

Mein Jugendfreund tat mir leid, aber ehrlich gesagt wusste ich auch nicht, wie ich ihm hätte helfen sollen. Irgendwie war ich auch der Meinung, dass er sich schon selbst zu helfen wusste, und falls nicht, würde er wohl um Unterstützung fragen – und dann wahrscheinlich auch nicht mich. Wir hatten uns nicht überworfen oder so, aber wir hatten in den vergangenen Jahren auch keinen engen Kontakt.

Über Monate hinweg musste Frank hilflos zusehen, wie Künzel das einstige Familienunternehmen immer weiter hinunterwirtschaftete und aus dem Bestattungsunternehmen eines machte, das selbst eine Beerdigung nötig hatte. Schließlich sah auch Künzel, dass er sich auf einem sinkenden Schiff befand. Um den Untergang zu stoppen, half nur eines: Er musste Geld auftreiben. Sein nächstes Opfer sollte Egon Fritschke, ebenfalls Bestatter, werden.

Egon war frisch geschieden. Seine Kinder lebten überwiegend bei seiner Ex-Frau und er wollte sich seinen Traum erfüllen, die Welt zu bereisen. Sein Bestattungsinstitut war seit Generationen im Familienbesitz, weshalb er das Unternehmen nicht aufgeben wollte. Er machte sich auf die Suche nach einem Geschäftspartner. Zu seinem Pech geriet er dabei an Künzel, der sich ihm als erfolgreicher Geschäftsmann vorstellte. Um glaubwürdig zu wirken, machte er auch ihm kostspielige Geschenke und wickelte Egon so um den Finger. Dabei ahnte dieser nicht, dass die Aufmerksamkeiten wie zum Beispiel gebrauchte Bestatterutensilien aus dem Lager von Frank stammten. Er lud sein neues Opfer zu üppigen Abendessen ein. Die Kirsche auf dem Sahnehäubchen war eine Geschäftsreise nach Zürich. Hier präsentierte Künzel ihm einen großen Koffer voller Banknoten – um ihn davon zu überzeugen, das Budget zu haben, um sich in das Unternehmen einzukaufen. Eine clevere Masche, wo es sich doch nur bei den oberen Scheinen um echtes Geld handelte. Darunter lag lediglich Papier, das den Inhalt des Koffers voller erscheinen lassen sollte. Egon machte der vermeintliche Reichtum seines Kollegen stutzig. Als dieser das bemerkte, bediente er sich abermals einer Lüge: Die Arbeit mit den Toten sei lediglich ein Hobby. Den richtig großen Reibach mache Künzel mit Geldwäsche – und daran wolle er Egon beteiligen.

Sie staunen nun bestimmt, warum Künzel einem beinahe Fremden so freizügig von seinen vermeintlichen kriminellen Machenschaften erzählte. Nun, Künzel hatte vielleicht angenommen, dass Egon kein Mensch war, der vor illegalen Machenschaften zurückschreckte. Haben Sie schon einmal das Sprichwort gehört: „Ein Dieb erkennt den anderen Dieb sofort"? Vielleicht hatte Künzel geglaubt, dass sein Gegenüber in die gleiche Kerbe haute wie er.

Künzel behauptete seinem zukünftigen Kompagnon gegenüber, dass ihm eine geheime Quelle verraten habe, dass dieser wegen des sexuellen Missbrauchs an seiner Nichte gesucht würde. Was an der Geschichte dran war – ich weiß es nicht. Auf jeden Fall schaffte Künzel es mit diesem Bluff, Egon zu

Wachs in seinen Händen zu machen. Spätestens jetzt war Fritschke bereit, Geschäfte mit Künzel zu machen, der von ihm verlangte, sein Unternehmen auf ihn zu überschreiben und dann für zehn Jahre im Ausland unterzutauchen, um Komplikationen zu vermeiden. Das sollte Egon natürlich nicht umsonst tun. Künzel bot ihm die schwindelerregende Summe von knapp 100 Millionen Euro aus Schwarzgeldgeschäften an.

Egon kam das Tauschgeschäft gerade recht – ein Leben für ein Vermögen. Sehr biblisch, wenn Sie mich fragen. Zu seinen Kindern hatte er ohnehin nur noch telefonischen Kontakt. Jetzt könnte er sich endlich den Traum vom Reisen erfüllen! Er war so begeistert von seinen Zukunftsplänen, dass er nicht lange fackelte und einen 40-seitigen Geldwäschevertrag unterschrieb – und das, ohne auch nur eine einzige Seite davon gelesen zu haben. Künzel versprach ihm 72.000 Euro auf dem Konto, sobald Egon das Land verlassen hätte.

Gesagt, getan. Familie und Freunden erzählte der geschiedene Familienvater, dass er in die USA auswandern wolle, um dort ein neues Leben zu beginnen. In Wahrheit jedoch zog er quer durch Europa. Die Hotels, in denen er die Nächte verbrachte, wurden von Künzel bezahlt. Täglich rechnete Egon damit, die versprochenen 72.000 Euro für sein Beerdigungsunternehmen auf seinem Konto vorzufinden. Vergeblich. Als Künzel dann, wie bei Frank, die Hotelrechnungen nur noch sporadisch beglich, musste Egon seine Mutter bitten, ihm mit einem Reisebudget unter die Arme zu greifen. Das Geld hielt ihn eine Zeit lang über Wasser, trotzdem sah er sich manchmal gezwungen, eine der Unterkünfte Hals über Kopf zu verlassen, um die Zeche zu prellen.

Immer seltener telefonierte Egon jetzt mit seinen Kindern, bis sich der Kontakt nur noch auf Glückwünsche zum Geburtstag oder andere Feiertage beschränkte. Ganze eineinhalb Jahre wartete er auf sein Geld und sein Geduldsfaden drohte zu reißen. Dass Künzel sein einst gut gehendes Beerdigungsinstitut in der Zwischenzeit in den Ruin getrieben hatte, konnte der Mann nicht ahnen.

Derweil war auch Frank kurz davor, seine Geduld mit Künzel zu verlieren. Er wartete schon so lange auf das ihm versprochene Geld und noch immer war kein einziger Euro in seiner Tasche gelandet. Endlich ließ er sich nicht mehr von Künzel einschüchtern. Der sah sich nun von zwei Seiten mit Forderungen bombardiert, die er unmöglich erfüllen konnte. Künzel fühlte sich durch die drängenden Bitten und täglichen Anrufe von Frank und Egon so sehr genervt, dass er beschloss, der Sache ein Ende zu setzen. Um die Situation zu entschärfen, sah der Betrüger nur einen Weg: Eines seiner Opfer musste von der Bildfläche verschwinden. Jetzt galt es nur noch, die perfide Entscheidung zu treffen, wer von beiden sein Leben lassen musste. Die Wahl fiel auf meinen Bekannten Frank.

Selbst wollte sich Künzel die Hände natürlich nicht schmutzig machen. Deshalb beorderte er Egon zurück nach Deutschland. Dieser sollte Frank K.-o.-Tropfen verabreichen und seinen bewusstlosen Kollegen dann auf eine der nahe gelegenen Zugschienen legen. Der Rest würde sich, so Künzels Ansicht, von allein fügen. Man würde davon ausgehen, dass der finanziell ruinierte Mann seinem Leben selbst ein Ende gesetzt hatte. Dann, so kündigte er Egon an, sei er endlich in der Lage, ihm das versprochene Geld auszuzahlen. So verlockend die Aussicht auf den baldigen Reichtum auch war – Egon besaß, im Gegensatz zu seinem Geschäftspartner, ein Gewissen und ließ sich für den Mordplan nicht vor den Karren spannen. Natürlich wollte er sein Geld, das stand außer Frage, aber nicht, wenn ein anderer Mensch dafür sein Leben lassen und er Gott spielen musste. Damit war die Angelegenheit für ihn erledigt. Vorerst. Denn schon bald beschlich ihn ein ungutes Gefühl. Künzel hatte ihn kein zweites Mal auf sein grausames Vorhaben angesprochen. Jetzt begann Egon, sich Sorgen um sein Leben zu machen. Wenn Künzel schon so weit gehen wollte, einen Kollegen töten zu lassen, wer konnte ihm dann garantieren, dass jetzt nicht er in das Visier des Mannes geraten war?

Egon vertraute sich seinem Anwalt an. Der Jurist nahm ihn ernst und riet ihm zur Wachsamkeit. Gemeinsam mit seinem Mandanten entwickelte er eine Vorsichtsmaßnahme: Egon sollte sich jeden Freitag telefonisch bei ihm melden, damit sein Anwalt wusste, dass es ihm gut ging. In den folgenden Wochen rief sein Mandant immer pünktlich bei ihm an. Doch am Freitag nach Ostern 2007 wartete der Jurist vergeblich auf einen Anruf von Egon.

Wie vereinbart ging der Anwalt kurze Zeit später zur Polizei und berichtete den Beamten von seiner schrecklichen Vermutung, dass Künzel seinen Mandanten Egon getötet habe. Ohne handfeste Beweise für den Verdacht des Juristen gab es für die Polizei allerdings keinen Ansatzpunkt für Ermittlungen.

Ein Jahr ohne ein Lebenszeichen von Egon zog ins Land, bis sich im Mai 2008 dessen Kinder bei der Polizei meldeten. Auch wenn sie in den vergangenen Jahren nur wenig Kontakt zu ihrem Vater gehabt hatten, machte es sie doch stutzig, dass er ihnen nicht einmal mehr zu ihren Geburtstagen gratulierte. Jedoch war es abermals die fehlende Beweislage, die den Beamten die Hände band. Egons Ex-Frau und sein Anwalt bekräftigten ihren Verdacht daraufhin erneut und berichteten den Polizisten nochmals von der seltsamen Freundschaft zwischen Künzel und dem Vermissten. Jetzt wurde einer der Beamten hellhörig. Der Name kam ihm bekannt vor – und er verband nichts Gutes mit ihm.

Die Ermittler mussten nicht lange recherchieren, um den vorbestraften Künzel wegen des Verdachtes eines erneuten Betruges auf das Präsidium zu laden. Während der Vernehmung fiel der Name Egon Fritschke eher beiläufig. Mehrere Male versicherte Künzel, dass Egon schon seit einigen Jahren in Amerika sei. Immerhin hätte er die Welt sehen wollen. Künzel selbst hätte ebenfalls schon lange nichts mehr von seinem Kollegen gehört. Im Anschluss befragten die Beamten auch Freunde und Verwandte von Egon, die die Geschichte des Amerikaaufenthaltes bestätigten. Schließlich hatte der ihnen genau das gesagt, bevor er stattdessen in Europa herumgereist war.

Während der Vernehmung erwähnte Künzel allerdings noch einen weiteren Namen: Frank Becker. Deshalb beschlossen die Beamten, auch ihn für eine Befragung auf das Revier zu bitten. Das gestaltete sich aber schwieriger als gedacht, denn nachdem Künzel zur Polizei geladen worden war, versuchte Frank unterzutauchen. Seine Flucht war jedoch nur von kurzer Dauer. Im August 2008 konnten Beamten den Mann ausfindig machen und ihn vernehmen. Unter dem Druck der Fragen knickte Frank schließlich ein. Letztendlich erzählte er den Ermittlern dann eine Geschichte, die ganz anders war als die, welche Künzel versucht hatte, den Polizisten zu verkaufen.

Frank erzählte, dass Künzel ihm aufgetragen hatte, ihren gemeinsamen Berufskollegen Egon Fritschke zu töten. Frank hätte dafür einen Elektroschocker verwenden sollen. Den könne er im Internet bestellen und damit die Sache schnell hinter sich bringen. Doch die Methode mit dem Elektroschocker erschien meinem Jugendfreund wohl zu brutal. Deshalb hatte er gefragt, ob er den anderen Bestatter mit einem der Kanthölzer aus dem Lager erschlagen könne. Ich habe genauso große Augen gemacht wie Sie wahrscheinlich jetzt, als ich das erste Mal davon gehört habe. Keine Ahnung, was Frank da geritten hatte.

Künzel schaffte es, Egon für ein finales Gespräch über den ausstehenden Geldbetrag nach Deutschland zu locken. In dessen ehemaligem Bestattungsunternehmen wollten die beiden Männer endgültig einen Schlussstrich unter die ewigen Streitigkeiten ziehen. Doch schon kurz nachdem Egon dort eingetroffen war, wurde Frank so nervös, dass er ständig das Gebäude verließ und eine Zigarette nach der nächsten rauchte. Während er vergeblich versuchte, seine Nerven mit Nikotin zu beruhigen, brach zwischen Künzel und Egon ein hitziges Streitgespräch aus, das immer weiter eskalierte. Es war etwa um 15.20 Uhr, als Künzel seinem Komplizen einen Blick zuwarf und stumm nickte. Frank griff daraufhin nach einem der Kanthölzer. Er fasste es so weit wie möglich am unteren Ende an, um die meiste Schwungkraft aufbringen zu können – und schlug dem ahnungslosen Egon aus dem Hinterhalt auf den Kopf. Der Schlag war so heftig, dass der Mann auf der Stelle tot zusammensackte.

Es waren nicht Tathergang, Zeit oder Ort des Geschehens, welche die Presse dazu veranlassten, die Tat als den „fast perfekten Mord" zu bezeichnen. Es war die Art und Weise, wie die beiden Bestatter die Leiche ihres Kollegen verschwinden ließen, die für Aufsehen sorgte. Nach dem Mord brachten sie den Toten in die hauseigene Kühlkammer und legen ihn in einen der Spannholzsärge. Die passende Gelegenheit, die Leiche loszuwerden, bot sich schon am nächsten Tag. Rudi Platzke, ein Rentner fortgeschrittenen Alters, wurde von seinen Söhnen tot in seiner Wohnung aufgefunden. Er starb eines natürlichen Todes – ein langes Leben, das nun ein Ende gefunden hatte. Seine Familie beauftragte Künzels Bestattungsinstitut mit der Beerdigung des Verstorbenen. Der Mann sollte eine Feuerbestattung bekommen – das kam Künzel sehr gelegen, konnte er sich doch nun seines mittlerweile größten Problems entledigen. Er kopierte alle wichtigen Papiere von Herrn Platzke, darunter Totenschein, Geburtsurkunde und Ausweis des Toten. Dann brachte der Bestatter den Sarg mit der Leiche seines Opfers zum Krematorium seines Vertrauens und präsentierte die kopierten Dokumente. So war es ihm ein Leichtes, die wahre Identität des Toten zu verschleiern.

Die Mitarbeiter des Krematoriums ahnten nicht, dass sich in dem unscheinbaren Sarg, den sie ins Feuer gleiten ließen, nicht die Leiche eines alten Mannes, sondern die eines Mordopfers befand. Es dauerte nicht lange, bis Künzel die Asche von Egon in einer Kapsel mit falsch personalisierter Gravur zugesandt wurde. Eine letzte Ruhestätte, die nicht einmal Sherlock Holmes finden würde. Jetzt galt es für den Bestatter, noch die Leiche von Herrn Platzek unauffällig verschwinden zu lassen. Auch hierfür fand Künzel schnell eine Lösung. Er brachte den Leichnam des Rentners einfach in ein anderes Krematorium, wo er den Mitarbeitern auch die echten Papiere des Mannes präsentierte. Damit im Institut niemand Verdacht schöpfte, wartete Künzel, bis der Tote verbrannt war, und nahm dessen Asche abermals in einer versiegelten Kapsel mit. Sein nicht alltägliches Vorgehen begründete er seinen Kollegen gegenüber damit, dass Herrn Platzeks Familie ihren Liebsten gerne in Honolulu begraben wolle, und die Überführung dorthin müsse durch das zuständige Bestattungsunternehmen erfolgen.

Zurück im Institut öffnete Künzel die Urne, die zwar Herrn Platzeks Namen trug, in deren Inneren sich aber die Asche von Egon befand. Er tauschte die Asche seines Opfers mit der des Rentners aus. Nun galt es noch, die sterblichen Überreste von Egon unauffällig zu entsorgen. Gemeinsam mit Frank machte Künzel sich auf den Weg, um Asche und Mordwaffe in einem Fluss zu versenken. Sie sahen dabei zu, wie die Überreste ihres Opfers von der Strömung des Wassers verteilt wurden, und auch das Kantholz wurde immer weiter flussabwärts gezogen, bis es aus ihrem Sichtfeld verschwunden war. So hat es sich zumindest nach Aussage von Frank zugetragen.

Künzel hingegen pochte darauf, dass Egon nicht tot, sondern in Amerika untergetaucht sei. Bis kurz vor Ende der polizeilichen Vernehmung hatte er auch die Gunst der fehlenden Beweislage auf seiner Seite – bis er in einem unbedachten Moment eine Frage des Ermittlers wahrheitsgemäß beantwortete. Dieser hatte das Gespräch ganz beiläufig auf die Krematorien gelenkt, die Künzel gewöhnlich für die Feuerbestattungen beauftragte. Ohne sich Gedanken darüber zu machen, nannte er den Polizisten die zwei, denen er am häufigsten Aufträge erteilte. Es war wohl ihr kriminalistischer Spürsinn, der die Ermittler dazu veranlasste, sich von beiden Krematorien ein Verzeichnis über die zuletzt kremierten Verstorbenen zukommen zu lassen. Dabei entdeckten sie eine Überschneidung: Ein gewisser Rudi Platzek war in beiden Krematorien registriert worden, Auftraggeber war jeweils Künzel gewesen. Zusammen mit der Aussage von Frank hatte die Staatsanwaltschaft nun ausreichend Indizien, um Künzel nicht nur wegen erneuten Betruges, sondern auch wegen Mordes vor Gericht zu stellen.

Es war das reinste Medienspektakel, als der Prozess 2010, drei Jahre nach dem Mord, begann. Alle Sitzplätze im Gericht waren belegt. Auch ich konnte, neben zahlreichen Reportern von Funk, Fernsehen und Zeitungen, einen Stuhl im Gerichtssaal ergattern. Hier sah ich meinen Jugendfreund Frank das erste Mal nach einigen Jahren wieder. Er saß zusammengesunken auf der Anklagebank. Seine Haare waren schütter geworden. Er war hager, die Wangen eingefallen. Ich sah ihm an, dass es ihm nicht gut ging. Vor allem im Vergleich zu seinem Komplizen Künzel, der während der Verhandlung keine Miene verzog. Reue gegenüber den Hinterbliebenen des Opfers zeigte er nicht. Keine Gefühlsregung deutete eine Spur von Mitgefühl an.

Künzel versuchte, seinen Kopf aus der Schlinge zu ziehen, indem er behauptete, dass Franks Aussage falsch sei. Der wolle sich nur wegen des Betruges an ihm rächen, behauptete er. Künzel ging sogar noch weiter und meinte, Frank wolle ins Gefängnis kommen, weil es dort warmes Essen und ein Bett gäbe. Auch wenn wohl niemand seinen Lügen Glauben schenkte, machte Künzels Verteidiger einen guten Job – das muss ich ihm schon lassen. Der Jurist hob hervor, wie dünn die Beweislage gegen seinen Mandaten letzten Endes war. Schließlich hätte man weder die Leiche von Egon – wie auch? – noch die Tatwaffe finden können. Einzig und allein die Aussage von Frank und die Doppelbuchung des Krematoriums, nach Künzels Überzeugung ein Bürokratiefehler, sprachen gegen ihn.

Sowohl Frank als auch Künzel unterzogen sich einer psychiatrischen Begutachtung. Der Experte bescheinigte Künzel ein hochgradig manipulatives Wesen. Der Mann wisse genau, wie er die Schwächen und Ängste seines Gegenübers aufspüren und diese dann gegen denjenigen verwenden könne. Frank hingegen attestierte er eine labile Persönlichkeit, aufgrund der es überhaupt erst möglich war, dass er eine Hörigkeit gegenüber Künzel entwickeln konnte. Frank handelte also nicht aus eigenem Antrieb, sondern wurde von seinem Komplizen geführt. Zu entschuldigen war Franks Verhalten damit natürlich nicht, aber irgendwie beruhigte es mich, zu wissen, dass mein Jugendfreund nicht von Grund auf ein böser Mensch war.

Ich konnte aus zeitlichen Gründen nicht jeden Verhandlungstag verfolgen, doch als der Richter im März 2010 sein Urteil verkündete, saß auch ich wieder im Gerichtssaal. Bei Frank erkannte das Gericht den mildernden Umstand der Hörigkeit an und verurteilte ihn zu 13 Jahren Haft. Künzel, als Drahtzieher des Mordkomplottes, kassierte hingegen eine lebenslange Haftstrafe.

Ich fand es schon sehr erstaunlich, dass es den Beamten gelungen war, trotz der alles andere als einfachen Voraussetzungen für die Ermittlungen, die Verantwortlichen für den Mord an Egon zur Rechenschaft zu ziehen. Frank müsste bald aus dem Gefängnis entlassen werden. Ich habe mir fest vorgenommen: Sollte ich meinen einstigen Jugendfreund eines Tages zufällig in unserer Stadt treffen, werde ich ihm meine Unterstützung anbieten – damit er nicht noch einmal an so eine windige Gestalt wie Künzel gerät.

DIE VERLORENE TOCHTER

WILLI

60 JAHRE

EIFEL

WOHNT IN DEM DORF, IN DEM EDITH SPURLOS VERSCHWAND

Jeden Abend, wenn man am Haus der Familie Schubert vorbeikam, konnte man im Küchenfenster den Schein einer Kerzenflamme sehen. Frau Schubert hatte es sich zur Gewohnheit gemacht, bei Anbruch der Dunkelheit den Docht zu entzünden – seit dem Tag, an dem ihre Tochter spurlos aus unserer kleinen Gemeinde verschwunden war. Unglaubliche 29 Jahre lang. Manchmal, wenn ich in der Dunkelheit die Straße entlangging, meinte ich, Frau Schubert am Fenster sehen zu können, wie sie mit traurigen Augen in die Finsternis starrte. Auch Jahrzehnte später wussten die Bewohner unseres 150-Seelen-Dorfes in der malerischen Eifel, worauf die bald 80-Jährige alte Dame wartete. Doch niemand sprach mehr über das Schicksal von Edith. Als Ortsvorsteher weiß ich, worüber sich die Leute in der Gemeinde unterhalten. Das Verschwinden der damals 18-Jährigen und die düstere Vermutung, wer dahintersteckte, war wie ein dunkler Fleck in der Geschichte unseres verschlafenen Ortes. Ich musste noch oft an Edith denken, mit der ich gemeinsam in die Schule gegangen war. Und ich glaube, dass es auch einigen andere Menschen so ging – auch wenn sie sich nichts anmerken ließen.

Edith kam im Oktober 1964 zur Welt. Gemeinsam mit ihren fünf Geschwistern und ihren Eltern lebte sie in einfachen Verhältnissen im Dorf. Ihre Eltern waren Deutsche, die nach dem Zweiten Weltkrieg aus Schlesien vertrieben worden waren. Wir als Kinder waren unbedarft, aber wir hörten die Erwachsenen manchmal sagen, dass die Familie Schubert dorthin gehen solle, wo sie hergekommen sei. Sie können mir glauben, dass es nicht leicht ist, in einer kleinen Gemeinde wie unserer als Zugezogene Fuß zu fassen. Obwohl der Vater hart arbeitete und die Mutter sich fürsorglich um ihren Nachwuchs kümmerte, konnten sie sich das Ansehen der anderen Einwohner nicht verdienen.

Das war auch einer der Gründe, warum die Liebschaft zwischen Edith und dem drei Jahre älteren Thomas, die im Sommer 1981 begann, bei dessen Eltern – vor allem bei seinem Vater – auf Widerstand stieß. Die Familie Koch lebte im Nachbardorf und bewirtschaftete dort einen großen Bauernhof. Sie gehörte zu den wohlhabendsten Landwirten in der Umgebung. Wahrscheinlich wundern sich die meisten Menschen darüber, aber in unseren kleinen Dörfern war es auch in den 80er-Jahren noch von Bedeutung, wer sich mit wem verheiratete. Und da die Familie Schubert in bescheidenen Verhältnissen lebte und keine großen Reichtümer besaß, kam eine Beziehung zwischen Edith und seinem Sohn für Bauer Koch nicht infrage.

Man sollte meinen, dass es jemandem, der Geld wie Heu hat, egal sein kann, welche finanziellen Mittel sein Partner hat. Für Thomas war das wahrscheinlich auch nicht von Interesse – doch sein Vater schien an nichts anderes mehr zu denken. Immerhin sollte sein Sohn eines Tages den gut gehenden Landwirtschaftsbetrieb übernehmen und nach Ansicht von Bauer Koch war es dafür unerlässlich, dass seine zukünftige Schwiegertochter aus der gleichen sozialen Schicht kam. Eine Logik, die sich mir ehrlich gesagt nicht erschließt.

Allerdings war nicht nur Bauer Koch wenig erfreut über die Verbindung zwischen Thomas und Edith. Auch Ediths Vater versuchte vergeblich, seine Tochter mit lautstarken Standpauken davon abzuhalten, sich weiterhin mit dem reichen Bauernsohn zu treffen. Vielleicht ahnte er bereits, dass diese Geschichte kein gutes Ende nehmen würde.

Sie dürfen mir glauben, dass die Bauern nichts unversucht ließen, um ihren Sohn von Edith fernzuhalten. Sie verboten der Jugendlichen, sich dem Hof auch nur zu nähern. Die Bäuerin passte auf wie ein Schießhund, wenn sie Edith die Straße hochgehen sah, damit sie auch ja nicht den heiligen Grund und Boden betrat.

Ich wohnte mit meinen Eltern gegenüber dem Anwesen von Familie Koch und meine Mutter berichtete, wie sie Edith manchmal an der Auffahrt zum Hof auf Thomas warten sah. Seine Schwester, die natürlich wusste, dass die Eltern nicht wollten, dass sich ihr Bruder mit Edith abgab, hetzte nicht selten den Hofhund auf die unerwünschte Besucherin, um sie zu verjagen. Von einer Bekannten, die enger mit Edith befreundet war, erfuhr ich, dass die beiden sich nur noch heimlich in den umliegenden Wäldern trafen, um sich nah sein zu können.

Die Situation war bestimmt nicht nur für Edith, sondern auch für Thomas schwer zu ertragen. In einer Gemeinde, die aus kaum mehr Einwohnern besteht als eine große Hochzeitsgesellschaft, blieben die heimlichen Treffen zwischen Edith und Thomas natürlich nicht lange unbemerkt. Landwirt Koch bekam also schnell mit, dass sich sein Sohn, der zukünftige Erbe seines Lebenswerkes, über seine Anweisung hinwegsetzte. Das dürfte wohl kaum ohne Folgen für ihn geblieben sein. Erschwerend kam hinzu, dass Thomas nicht in der Lage war, sich gegen seinen Vater durchzusetzen. Selbst als der Bauernsohn erwachsen war, traute er sich nicht, sich eine Zigarette in Anwesenheit seines Vaters anzuzünden – und das, obwohl der selbst Kettenraucher war.

Das fehlende Durchsetzungsvermögen von Thomas gegenüber seinem Vater war vielleicht auch ein Grund, warum er im

Sommer 1982 den Versuch unternahm, die Beziehung zwischen ihm und Edith zu beenden. Die Jugendliche muss deshalb sehr verzweifelt gewesen sein. Nur kurze Zeit später wollte sie sich das Leben nehmen. Mein Nachbar erzählte mir, dass sie wohl versucht hatte, sich mit einer Handvoll Herztabletten des Vaters umzubringen. Ich weiß aber nicht, ob das stimmt. Auf jeden Fall fanden Familienmitglieder Edith rechtzeitig und retteten sie. Der Suizidversuch der 17-Jährigen sprach sich schnell in unserem Dorf und den umliegenden Gemeinden herum, sodass auch Thomas bald davon erfuhr. Als er dann aber auch noch erfuhr, dass Edith von ihm schwanger geworden war, muss ihm wohl klar geworden sein, dass eine Trennung seine Verbindung mit ihr nicht auflösen würde. Vielleicht beschloss er deshalb, dass es nun auch egal war und sie sich dann auch weiterhin heimlich sehen konnten. Manche der Dorfbewohner tuschelten, dass das junge Pärchen wieder begann, sich in den umliegenden Wäldern zu treffen. In den Gemeinden verbreitete sich wie ein Lauffeuer, dass Edith von Thomas schwanger war, und so kam die Hiobsbotschaft auch zu Bauer Koch. Er dürfte ausgeflippt sein, als ihm zu Ohren kam, dass sein einziger Erbe eine Frau geschwängert hatte, die „nichts an den Füßen hatte“ – wie er immer zu sagen pflegte. Immerhin hätte das Kind einen gesetzlichen Erbanspruch auf den Bauernhof der Kochs gehabt. Wahrscheinlich befürchtete der Landwirt, dass die Schuberts dadurch zu Reichtum kommen könnten.

Nachdem die meisten unserer Klasse den Hauptschulabschluss in der Tasche hatten, verlor ich Edith aus den Augen. Ich sah sie zwar noch hin und wieder im Dorf und wir wechselten gelegentlich auch ein paar Worte, doch ich würde nicht behaupten, dass wir befreundet waren. Man kannte sich halt.

Durch den Dorftratsch hatte ich aber mitbekommen, dass der Haussegen bei den Schuberts gewaltig schief hing. Eines Abends kassierte Edith eine schallende Ohrfeige von ihrem Vater. Daraufhin packte sie ihre Sachen und zog vorübergehend zu ihrer älteren Schwester.

Im Spätsommer 1982 fand Edith in einem Dorf, 14 Kilometer von ihrem Elternhaus entfernt, eine Anstellung als Näherin. Da hatte sie richtig Glück, denn die Ladenbesitzerin stellte Edith an, obwohl sie gar keine Ausbildung gemacht hatte. Sie verdiente nicht viel als Näherin, aber es reichte, um eine kleine möblierte Wohnung nahe ihrem Arbeitsplatz zu mieten.

Fernab vom Kontrollbereich seiner Eltern besuchte Thomas die schwangere Jugendliche nun regelmäßig in ihren eigenen vier Wänden. Ich kann nicht sagen, ob die beiden wieder ein Paar waren. Vielleicht versuchten sie auch einfach nur, ein freundschaftliches Verhältnis aufzubauen – manche sagen so, manche sagen so.

Einen Tag, bevor Edith spurlos verschwand, kam es zu einem heftigen Streit zwischen ihr und Thomas. Zumindest berichtete das die Vermieterin der Jugendlichen, die im gleichen Haus wohnte. Ich weiß nicht, ob die jungen Leute so laut stritten, dass die Frau jedes Wort verstand, oder ob sie lauschte – es spielt aber keine Rolle. Ediths Vermieterin sagte später gegenüber der Polizei aus, dass sie mitbekam, wie die Jugendliche den Vater ihres Kindes wegen ihrer Schwangerschaft zu einer Heirat drängen wollte, während Thomas sich aber beharrlich dagegen sträubte. Er sagte Edith, dass er nichts mehr von ihr wissen wolle. Und dann hörte die Vermieterin, wie Thomas zu Edith sagte, dass sie am nächsten Tag auf den Hof seiner Familie kommen solle – sein Vater wolle die „Angelegenheit“ mit einer finanziellen Abfindung regeln.

Am Tag darauf bat Edith ihre Kollegin, sie nach der Arbeit in der Näherei auf dem Weg nach Hause in der Nähe des Dorfes abzusetzen, in dem Thomas wohnte. Die Frau ließ die im vierten Monat schwangere Edith an der Straße aussteigen, von der aus ein steiler Weg zum Gehöft der Kochs führt. Gegen 14.00 Uhr blieb das Mädchen an einem Feldweg stehen und winkte ihrer Schwägerin zu, die im Auto an ihr vorbeifuhr. Ab da verlor sich die Spur von Edith. Zwei Tage später rief ihre Vermieterin bei der Familie Schubert an. Sie mache sich Sorgen, weil Edith seit Donnerstag nicht mehr in ihrer Wohnung und auch nicht an ihrem Arbeitsplatz gewesen sei.

Nach dem alarmierenden Anruf machte sich ihre Schwester auf den Weg zu dem Haus, in dem Edith das kleine Apartment gemietet hatte. Dort fand sie einen Brief: „Was du gesagt hast, hat mir ganz schön wehgetan (…) Du willst ja einen Neunanfang ohne mich und deinem Kind (…) All deine Sorgen wären gelöst, wenn ich tot wäre (...) Ich liebe dich! Es grüßt dich dein letztes Stück Dreck." Der Brief enthielt keine Anrede, doch Familie Schubert war klar, dass Edith Thomas geschrieben hatte. Tag und Nacht suchten sie nach der Schwangeren. Hatte sie sich vielleicht das Leben genommen? Lag sie vielleicht irgendwo hilflos in den umliegenden Wäldern? Sie können sich sicherlich denken, dass die von Edith geschriebenen Zeilen die Schuberts das Schlimmste vermuten ließen. Nachdem sie erfahren hatten, dass Edith sich am Tag ihres Verschwindens mit Thomas treffen wollte, fragten sie natürlich auch den Bauerssohn, ob er wisse, wo die Jugendliche wäre. Doch der sagte einer der Schwestern, dass Edith nie auf dem Hof der Kochs angekommen sei, und er auch nicht wisse, wo sie sein könnte.

Als die besorgten Familienmitglieder auch drei Tage später noch immer kein Lebenszeichen von Edith erhalten und vergeblich nach der mittlerweile 18-Jährigen gesucht hatten, meldeten sie die Jugendliche am späten Abend bei der Polizei als vermisst. Als der neue Tag hereinbrach, hatten die Beamten alles für eine groß angelegte Suchaktion vorbereitet. Auch einem Busfahrer kam zu Ohren, dass die Polizei nach der schwangeren Jugendlichen suchte. Er griff zum Telefonhörer und wählte die Nummer der zuständigen Polizeibehörde. Der Mann war sicher, dass er die Vermisste am 8. November 1982, also vier Tage nach ihrem Verschwinden, in der Nähe des Hofes der Kochs gesehen hatte. Die zuständigen Beamten entschieden daraufhin, die Suche nach dem schwangeren Mädchen einzustellen. Anscheinend war sie am Leben und stromerte durch die Gegend. Edith war 18 Jahre alt. Damit galt sie vor deutschem Recht als Erwachsene und durfte selbst bestimmen, wo sie sich aufhalten wollte. Das sagten die Beamten den Eltern auch so. Für die Polizei war der Fall damit abgeschlossen.

Drei Monate später wurde der Schlüsselbund von Edith nahe einem Friedhof gefunden. Daran ein Foto von Thomas. Aber auch das veranlasste die Behörden nicht, noch einmal nach Edith zu suchen. Ich muss aber ehrlicherweise sagen, dass ich in dem Fall die Entscheidung der Polizei nachvollziehen konnte. Wenn sie mit ihrer Annahme richtig lagen, dass Edith untergetaucht war oder sich das Leben genommen hatte, dann benötigte sie ihren Schlüsselbund auch nicht mehr. Das war kein Fund, der die Alarmglocken bei den Ermittlern schrillen ließ. Und so zogen erst Tage, dann Wochen und Monate ins Land, bis schließlich fünf Jahre ohne ein Lebenszeichen von Edith vergangen waren.

Es hatte sich inzwischen herausgestellt, dass sich der Busfahrer seinerzeit im Datum, an dem er die 18-Jährige gesehen haben wollte, geirrt hatte. Die Ermittler rekonstruierten, dass er Edith am 4. November 1982, am Tag ihres Verschwindens, gesehen haben musste und nicht erst vier Tage später. Bei den Beamten keimte jetzt langsam doch der Verdacht auf, dass Edith und ihrem ungeborenen Kind etwas Schlimmes zugestoßen sein könnte. Es wurde eine Sonderkommission gebildet, die klären sollte, ob es sich bei dem Fall der vermissten Edith um ein Tötungsdelikt handeln könnte. Thomas wurde befragt. Er soll sich in Widersprüche verstrickt haben, doch anscheinend hatten die Ermittler nicht genug gegen ihn in der Hand, denn sie ließen ihn wieder laufen. Es kam nie zu einer Anklage. Noch im selben Jahr wurde die Sonderkommission wieder aufgelöst und die Akte der vermissten Edith verstaubte im Archiv.

Unterdessen kursierten Gerüchte in der Umgebung. Hatte sich die Jugendliche damals wirklich das Leben genommen? Und warum konnte ihre Leiche dann, trotz intensiver Suche, nicht gefunden werden? Oder hatte sie jemand beiseitegeschafft? Nicht nur die Schuberts vermuteten, dass Thomas seine Hände beim Verschwinden von Edith im Spiel gehabt hatte. Aber es gab auch die Möglichkeit, dass Edith heimlich das Dorf verlassen hatte und mit ihrem Kind irgendwo anders lebte. Gerüchte machten die Runde, dass Edith mittlerweile drogenabhängig war und als Prostituierte in Amsterdam arbeitete.

28 Jahre nach ihrem Verschwinden starteten die Ermittlungsbehörden nochmals einen Versuch, um zu klären, was damals mit Edith passiert war. In der Zwischenzeit war Herr Schubert an einem Herzinfarkt gestorben und Frau Schubert plagten allerlei körperliche Gebrechen. Doch die alte Dame hatte sich geschworen, diese Erde erst zu verlassen, wenn sie wusste, was ihrer Tochter zugestoßen war.

Da die Kriminalisten einen Mord nicht ausschließen konnten, war die Akte von Edith nie geschlossen worden. Sie können sich sicherlich vorstellen, dass die Aufregung in den Dörfern groß war, als Jahrzehnte später die Ermittler abermals an den Türen der Bewohner klingelten und sie zum Verschwinden von Edith befragten. Es war, als würde ein Bauer seine Hühner aufscheuchen. Der Einzige, den die neuen Ermittlungen kaltzulassen schienen, war Thomas.

Am Abend des 24. August 2011 stand dann ein ernst dreinblickender Kriminalhauptkommissar im ZDF-Studio. In einem kurzen Filmbeitrag wurden den Zuschauern die Umstände des Verschwindens von Edith nochmal ins Gedächtnis gerufen, bevor Moderator Rudi Cerne dem Ermittler aufmunternd zunickte. Der Kriminalist wandte sich an die Zuschauer. Er schien sicher zu sein, dass Edith nicht mehr lebte und dass es jemanden gab, der wusste, was der Jugendlichen vor fast drei Jahrzehnten zugestoßen war – abgesehen vom Täter. „Ich möchte mich deshalb heute Abend an die Person wenden", sagte der Kriminalhauptkommissar mit ruhiger, eindringlicher Stimme. „Wenn Sie zuschauen: Bedenken Sie doch bitte auch die unerträgliche Situation für die Angehörigen von Edith – insbesondere für die fast 80-jährige Mutter, die nun endlich, nach fast 29 Jahren, wissen will, was ihrer Tochter zugestoßen ist." Ich bin mir sicher, dass die meisten Dorfbewohner, so wie ich und meine Frau damals, gebannt vor der Flimmerkaste saßen.

Ich kann Ihnen nicht sagen, warum, aber an diesem Abend war mir klar, dass es nicht mehr lange dauern würde, bis jemand anfangen würde zu reden. Vielleicht lag es daran, dass das Auftreten des Ermittlers keinen Zweifel daran ließ, dass er fest entschlossen war, Ediths Familie Gewissheit zu verschaffen.

Erst später erfuhr ich aus der Zeitung, dass sich noch während der Ausstrahlung von „Aktenzeichen XY … ungelöst" eine Zuschauerin gemeldet hatte und den Kriminalbeamten einen richtungsweisenden Tipp gab. Ihre Mutter habe ihr vor wenigen Minuten erzählt, dass ihr die Mutter von Jürgen, dem besten Kumpel von Thomas, in der Zeit, als Edith verschwand, von einer mysteriösen Begebenheit berichtet hatte. Eines Nachts sei Jürgen erst sehr spät nach Hause zurückgekommen, woraufhin ihn seine Mutter neugierig gefragt habe, wo er sich denn so lange herumgetrieben habe. Jürgen soll geantwortet haben, dass er dies niemals jemandem erzählen könne. Vielleicht, so spekulierte die Hinweisgeberin, wusste Jürgen, was Edith in jener Novembernacht 1982 zugestoßen war.

Zwei Wochen später zitierten die Ermittler Jürgen für ein Gespräch auf das Präsidium. Doch der schwor Stein und Bein, keinen blassen Schimmer von Ediths Verschwinden zu haben. Es schien, als würde der Hinweis der Anruferin die Ermittler in eine Sackgasse führen. Doch so schnell wollten die Kriminalisten sich noch nicht geschlagen geben. Nachdem sie Jürgen klargemacht hatten, dass er keine Strafe zu erwarten habe, wenn er wisse, was Edith zugestoßen war – selbst, wenn er dabei geholfen haben sollte, ihre Leiche verschwinden zu lassen –, nahmen sie ihn in die Mangel. Wie alt Jürgens Tochter sei, wollten sie von ihm wissen. „18 Jahre", antwortete er – genauso alt wie Edith war, als sie 1982 spurlos verschwand. Die Beamten beschworen Jürgen. Er solle sich doch mal vorstellen, dass seine Tochter verschwindet und es gibt einen Menschen, der weiß, was passiert ist – aber der sagt nichts. In Jürgen muss es begonnen haben zu arbeiten. Vielleicht, weil er den Schmerz von Familie Schubert nachspüren konnte, vielleicht, weil ihn sein schlechtes Gewissen plagte. Vielleicht lockerte aber auch die Aussicht, straffrei aus der Sache herauszukommen, die Zunge von Jürgen. Möglicherweise war es aber auch ein Zusammenspiel all dieser Faktoren. Thomas' ehemals bester Freund war nicht einmal anderthalb Stunden auf dem Polizeirevier, als er nach fast drei Jahrzehnten endlich sein Schweigen brach.

Jürgen erzählte den Beamten, dass Thomas ihm gestanden habe, Edith an jenem Novembertag erdrosselt zu haben, und ihn gebeten habe, ihm bei der Beseitigung der Leiche zu helfen. Er führte Jürgen in der Dunkelheit zu einem Holzschuppen, wo er das tote Mädchen versteckt hatte. Die Leiche selbst habe Jürgen nie zu Gesicht bekommen, denn Thomas hatte die Tote in Plastikplanen gewickelt.

Einen Tag später klicken wegen dringenden Mordverdachtes die Handschellen bei dem mittlerweile 50 Jahre alten Thomas.

Im Oktober 2011, nur vier Wochen nach der Verhaftung von Thomas, machte sich die Polizei daran, mithilfe von Jürgens Angaben, die Leiche von Edith zu finden. Ihr Weg führte sie zu einer stillgelegten Müllkippe. 600 Quadratmeter – eine Fläche so groß wie ein Parkplatz, auf den 48 Autos passen – lagen vor ihnen. Mit Radladern und Schaufeln gruben sie so tief, dass zwei aufeinandergestapelte Doppeldeckerbusse in die Mulde gepasst hätten. Sie fanden verrottenden Müll, alte Autoreifen und verwesende Tierkadaver. Am sechsten Tag ihrer Suche hatten sie den Großteil der Müllhalde umgegraben. Noch drei, vier Quadratmeter, die umgegraben werden mussten. Noch ein, zwei Stunden, dann würden sie alles Gerät zusammenpacken. Doch nur wenige Spatenstiche später passierte das, womit wohl keiner mehr gerechnet hatte: Sie stießen auf ein großes Bündel, das in eine grüne Plastikplane eingehüllt und an den Enden mit Eisendraht verschnürt war. Vorsichtig öffneten sie die Plane ein Stück. Ihre Suche hatte ein Ende gefunden. Kein Zweifel. Die Ermittler erkannten, dass das Skelett die verrottende Hose mit dem rot-weißen Pepitamuster trug, die sich Edith vor fast drei Jahrzehnten selbst genäht hatte. Die skelettierten Füße steckten in Schuhen mit ordentlich gebundener Schleife. Nur der Pullover, an dem sich kleine Drahtstücke verfangen hatten, war der Toten über den Schädel gezogen worden. Ist das zu fassen? Wie Dreck hatte Thomas die Leiche auf einer Mülldeponie entsorgt!

Ermittler sowie Staatsanwaltschaft rekonstruierten, dass Thomas die 18-jährige Edith mit einem Eisendraht erdrosselt und ihr anschließend das Oberteil über den Kopf gezogen hatte, möglicherweise, weil er den Anblick des toten Mädchens nicht ertragen konnte. Stolz verkündete das Ermittlungsteam der Presse, dass es die Leiche der vermissten Edith gefunden hatte. Der Tatverdächtige, ihr ehemaliger Freund, sitze in Untersuchungshaft und warte auf seinen Prozess.

Die Familie war verständlicherweise traurig, aber auch erleichtert, dass die Leiche von Edith gefunden worden war. „Sie haben Edith heimgeholt“, sagte Frau Schubert einmal zu mir.

Wissen Sie, was mich am meisten berührte und mir auch heute noch Gänsehaut bereitet? Ediths Leiche befand sich all die Jahre nicht weit entfernt von ihrem Elternhaus. Eine Reporterin hatte ausgerechnet, dass es nur 647 Schritte bis zu der alten Deponie in dem kleinen Wäldchen waren. Frau Schubert schaute jeden Abend, wenn sie die Kerze für ihre Tochter Edith auf der Fensterbank vor dem Küchenfenster anzündete, auf den Ort, an dem ihr schmerzlich vermisstes Kind verscharrt worden war – nicht wissend, wie nah sie Edith eigentlich war.

Tja und Thomas … Was soll ich Ihnen sagen? Auch er blickte jeden Morgen und jeden Abend von seinem Schlafzimmerfenster aus auf das kleine Wäldchen, wo er seine Freundin und sein ungeborenes Kind hatte verschwinden lassen. Jeden Tag war Thomas am Haus der Schuberts vorbeigefahren. Ich frage mich, ob er seine grausame Tat vollständig aus seinem Bewusstsein verdrängen konnte oder ob manchmal doch das schlechte Gewissen aufflammte und ihm den Schlaf raubte. Fest steht aber auch, dass es niemand Geringerer als Thomas selbst war, der die Behauptung, Edith würde als drogenabhängige Prostituierte in Amsterdam arbeiten, immer weiter befeuerte.

Sie können mir sagen, was Sie wollen: Es gab mit Sicherheit mehr als einen Bewohner in den beiden Dörfern, der Vermutungen hatte, was sich in jener Novembernacht zugetragen hatte. Manche Eltern verboten im Laufe der Jahre gar ihren Kindern, in dem Wäldchen zu spielen, denn da läge die Edith begraben.

Auch ich habe nie an die Gerüchte geglaubt, dass meine Schulfreundin noch leben könnte, und auch ich befürchtete, dass Thomas einen Anteil am Verschwinden seiner schwangeren Freundin hatte. Aber das waren nur Gedanken und Gefühle – kein handfester Verdacht, den ich der Polizei hätte melden können. Im Gegensatz zu manch anderen Dorfbewohnern, wie sich nun herausstellte. Auf der anderen Seite muss man den alten Koch vielleicht auch gekannt haben, um das Handeln der anderen Gemeindemitglieder zu verstehen. Der Bauer hätte denen das Leben zur Hölle gemacht, wenn herausgekommen wäre, dass einer von ihnen mit der Polizei gesprochen hatte.

Das ist natürlich keine Rechtfertigung für ihr Schweigen, aber vielleicht eine Erklärung. Doch Bauer Koch war mittlerweile tot und konnte sich nicht mehr schützend vor seinen Sohn stellen und die anderen Dorfbewohner einschüchtern.

Im März 2012, fünf Monate, nachdem die Leiche von Edith gefunden worden war, musste Thomas sich vor Gericht verantworten. Wenn es meine Zeit zuließ, setzte ich mich in den Gerichtssaal und verfolgte den Prozess. Der 50-Jährige entschied sich, das zu tun, womit er die letzten drei Jahrzehnte am besten gefahren war: Er schwieg. Vier Frauen, die in den vergangenen Jahren mit Thomas auf dem Hof seiner Familie gelebt hatten, sagten vor Gericht aus. Sie zeichneten ein Bild von Thomas, das uns Dorfbewohnern schon längst bekannt war. So berichteten sie zum Beispiel, dass er jähzornig war und seinen Frust an Maschinen und Kühen ausließ, auf die er einschlug. Die Frauen hatten es nicht leicht mit Thomas. Wie Sklavinnen ließ er sie auf dem Hof schuften. Ich hörte einmal, wie eine Nachbarin der Kochs einen treffenden Vergleich formulierte. Sie sagte, Thomas würde Frauen wie Kaugummi behandeln: Er kaue so lange auf ihnen herum, bis sie keinen Geschmack mehr hätten, und dann würde er sie ausspucken.

Die Aussage einer von Thomas' Ex-Frauen fand ich besonders interessant. Sie berichtete, dass sie eines Tages, versteckt zwischen Tischtüchern, einen Schnellhefter entdeckt habe. Darin befanden sich Zeitungsartikel über ein vermisstes Mädchen. Die Frau war in Thomas' Dorf zugezogen und kannte die Geschichte der vermissten Edith nicht. Sie sprach Thomas auf ihren seltsamen Fund an. Der habe ihr erzählt, dass Edith seine Ex-Freundin sei. Nachdem sie von ihm schwanger geworden sei, habe er ihr 20.000 Mark für eine Abtreibung in den Niederlanden gegeben. Dort lebe sie nun als drogenabhängige Prostituierte.

Ich fand es bezeichnend, als ein Kriminalhauptkommissar aussagte, dass sie die Telefonate von Thomas bereits einige Tage vor Ausstrahlung der „Aktenzeichen XY … ungelöst“ – Sendung abgehört hätten und er nie den Namen von Edith in den Mund genommen habe. Thomas nannte sie wahlweise „es“, „dat“ oder „Fraumensch“. Auch für ihre Familie hatte er nur wenig nette Ausdrücke übrig.

Während der Verhandlung versuchte die Staatsanwaltschaft mithilfe ihrer zusammengetragenen Indizien zu untermauern, dass Thomas die damals 18-jährige Edith mit einem Eisendraht erdrosselt hatte. Doch es gab ein Problem – zumindest für die Anklage, der Verteidiger von Thomas dürfte sich die Hände gerieben haben. Totschlag verjährt in Deutschland nach 20 Jahren – anders als Mord, für den es keine Verjährungsfrist gibt. Doch wie mir ein befreundeter Anwalt erklärte, ist es nicht immer einfach, die Beweise zu finden, die aus einer Tötung einen Mord machen. So auch im Fall von Thomas: Der Staatsanwaltschaft gelang es während des Prozesses nicht, dem 50-Jährigen ein Mordmerkmal wie „Heimtücke“ oder „niedrige Beweggründe“ nachzuweisen. Vielleicht brachte Thomas Edith im Affekt um, als ihn mal wieder einer seiner Zornesausbrüche überkam. Die kleinen, verrosteten Drahtstücke, die die Rechtsmediziner am Pullover des Skelettes entdeckten, könnten die Überreste der vermuteten Tatwaffe, einer Eisenschlinge, gewesen sein. Doch den Experten war es unmöglich, die genaue Todesursache festzustellen.

Die Kammer ging zwar davon aus, dass er Edith und seinem ungeborenen Kind vor fast dreißig Jahren das Leben genommen hatte, doch ein Mord war ihm nicht nachzuweisen und der Totschlag war längst verjährt. So blieb dem Richter nichts anderes übrig, als den Landwirt vom Vorwurf des Mordes freizusprechen. Thomas verließ den Gerichtssaal als freier

Mann. Ediths Schwester sagte später in einem Interview mit trauriger Stimme, dass Edith mit diesem Urteil ein zweites Mal gestorben sei.

Sie glauben gar nicht, welch ein Aufruhr durch die beiden kleinen Dörfer ging, als Thomas nach neun Monaten Untersuchungshaft und dem Freispruch zweiter Klasse die Dreistigkeit besaß, in seine Heimatgemeinde zurückzukehren. Er lebt auch heute noch nur wenige Hundert Meter vom Haus der Familie Schubert entfernt. Vier Jahre lang musste Ediths Mutter noch ertragen, dass er im Auto an ihrem Haus vorbeifuhr. 2016 verstarb sie. Seinen Hof bewirtschaftet Thomas mittlerweile nicht mehr selbst. Er hat das Land an einen anderen Bauern verpachtet.

Ob der Abgebrühtheit von Thomas fanden auch die Bewohner beider Dörfer endlich ihre Sprache wieder. Ich würde lügen, wenn ich sage, dass nicht auch ich gehofft hatte, dass er nach dem Prozess das Weite suchen würde. Manche der Gemeindemitglieder sagten, man solle Thomas aufhängen. Andere hingegen ließen sich dazu hinreißen und schmierten in dicken schwarzen Buchstaben das Wort „Mörder“ an seine Hauswand. Ein Nachbar erzählte mir, dass Thomas zu ihm gesagt habe, dass Gras über die Sache wachsen müsse.

Doch wie die meisten Menschen in kleinen Gemeinden bin auch ich der Meinung, dass es noch ein höheres Gericht gibt, vor dem sich auch Thomas eines Tages verantworten muss – und das kennt so etwas wie Verjährungsfristen nicht.

DER NACHBAR

MARIE
45 JAHRE
BERLIN

ERZÄHLT VON ERLEBNISSEN IHRER URGROßMUTTER

„Du kannst den Menschen immer nur vor den Kopf gucken." Immer wenn ich diesen Spruch höre, denke ich an meine schon längst verstorbene Urgroßmutter Klara. Ja, ich hatte tatsächlich das große Glück, die Mutter meiner Großmutter väterlicherseits noch kennenlernen zu dürfen. Sie starb erst, als ich eine Jugendliche war. 1910 geboren, hatte meine Urgroßmutter gleich zwei Weltkriege miterleben müssen. Gemeinsam mit ihren Eltern und Geschwistern lebte sie in einer ländlichen Gegend auf einem Bauernhof.

Als der österreichisch-ungarische Thronfolger Erzherzog Franz Ferdinand 1914 ermordet wurde, war Klara noch ein Kleinkind. Zwar war ihre Familie nicht direkt von den darauffolgenden politischen Spannungen und den militärischen Auseinandersetzungen des Ersten Weltkrieges betroffen, doch blieben ihnen die Auswirkungen des Krieges auch auf dem Land nicht erspart. Sie erlebten wirtschaftliche Entbehrungen, Lebensmittelknappheit und soziale Umwälzungen.

Klara war erst elf Jahre alt, als ihre Eltern innerhalb kürzester Zeit ums Leben kamen. Ihr Vater starb bei einem tragischen Unfall während der Ernte, als sich ein Maschinenteil von der wuchtigen Dreschmaschine löste und auf ihn hinabstürzte. Die Mutter folgte ihm nur wenige Monate später in den Tod, nachdem sie an einem ungeklärten Leiden erkrankt war und die Ärzte noch keine Möglichkeiten hatten, sie zu heilen.

Zum Glück waren manche der fünf Kinder schon so alt, dass sie auch vor dem Gesetz die Verantwortung für ihre jüngeren Geschwister übernehmen konnten. Andernfalls wären die Vollwaisen in ein Kinderheim gekommen. Zwei der Brüder bewirtschafteten den Bauernhof weiter, während die älteste Schwester die Kinder versorgte und sich um den Haushalt kümmerte.

Meine Urgroßmutter war 21 Jahre alt, als sie das Leben, wie so viele jungen Mädchen damals, auf dem tristen Land endgültig satthatte. Schon früh träumte sie davon, eines Tages in Berlin zu wohnen. Mit einem kleinen Koffer, darin ihre wenigen Habseligkeiten, machte sie sich auf den Weg zu einer entfernten Tante. Die Frau war alleinstehend und hatte in ihrer Wohnung ein Gästezimmer, das Klara beziehen durfte. Arbeit fand meine Urgroßmutter in einer nahe gelegenen Fabrik, die sich auf die Textilproduktion spezialisiert hatte.

Dort lernte sie auch meinen Urgroßvater Heinrich kennen. Ein Jahr später war das Paar verheiratet und mietete die erste gemeinsame Wohnung, wo 1933 meine Großmutter Ida zur Welt kam. Hier, hinter der tristen Fassade des Mehrfamilienhauses, nahm die Geschichte ihren Anfang, die Urgroßmutter Klara mir später immer wieder erzählen würde.

Im Jahre 1941 erließen die Nationalsozialisten die ersten Beschlüsse, um ihre grauenvollen Pläne weiter voranzutreiben. Die Nazis hatten die systematische Verfolgung und Ermordung europäischer Juden forciert. Der Zweite Weltkrieg war in vollem Gange und das Gebot der Verdunklung wurde erlassen. Damit wollten die Nazis erreichen, dass Städte und Siedlungen im Dunkel der Nacht unsichtbar waren, um ihren Gegnern Angriffe aus der Luft zu erschweren. Das Gebot der Verdunklung sorgte für Hochkonjunktur bei kriminellen Gestalten, die in der Finsternis ungestört ihren Machenschaften nachgehen konnten. Zwischen Winter 1939 und Sommer 1941 ergriff auch ein brutaler Täter die Gunst der Stunde, um seine abartigen Triebe auszuleben.

Zu jener Zeit waren viele Frauen auf sich allein gestellt, da ihre Ehemänner im Krieg kämpfen mussten. Sie übernahmen die Arbeitsplätze ihrer Partner – vor allem in der Rüstungsindustrie war ihr Mitwirken unentbehrlich. Mein Urgroßvater Heinrich war übrigens von der Einziehung in die Armee verschont gewesen. Er war im Kindesalter unter einen Fuhrwagen geraten und hatte seinen rechten Unterschenkel verloren. Im Alltag kam er, dank einer Prothese, gut zurecht, für den Kriegsdienst war er mit der körperlichen Einschränkung für die Nazis jedoch nicht zu gebrauchen.

Die Ehefrauen, die nun in der Rüstungsindustrie schufteten, arbeiteten im Schichtdienst. Ein Umstand, der sie dazu zwang, ihren Heimweg oft in stockfinsterer Nacht zu bestreiten. Manche von ihnen mussten auf ihrem Weg nach Hause eine Laubenkolonie passieren. Dort war es so finster, dass man die eigene Hand nicht vor den Augen sehen konnte. Und so bemerkten die Frauen nicht, dass sie in das Visier eines Raubtieres geraten waren. Der Unbekannte schlich sich an seine Opfer heran, überwältigte und vergewaltigte sie. Ob die Frauen seinerzeit Anzeige erstatteten – daran konnte sich meine Großmutter nicht mehr erinnern.

Eines Nachts aber war der Täter unachtsam. Er lag in einem Gebüsch am Wegesrand auf der Lauer, als er hörte, wie jemand den Pfad entlangging. Die Absätze der Damenpumps klackten bei jedem zügigen Schritt auf dem Asphalt. Geschmeidig wie eine Schlange wand sich der Täter aus seinem Versteck und eilte seinem nächsten Opfer hinterher. Mit geübter Bewegung umfassten seine Hände den Hals und drückten fest zu, während er die schreiende Frau zu Boden rang. Doch ehe er ihr unter den Rock greifen konnte, prasselten Fäuste wie dicke Hagelkörner auf ihn ein. Zwei Männer zogen den Angreifer von seinem Opfer weg und verprügelten ihn nach Strich und Faden. Es waren ihr Ehemann und sein Freund, die einige Meter hinter der Frau hergegangen waren – unbemerkt von dem Vergewaltiger. Der damals noch Unbekannte wurde bei der Attacke schwer verletzt. Mich würde wirklich interessieren, was er seinem Umfeld erzählte, wer ihn so übel zugerichtet hatte.

Später wurde dieser missglückte Überfall von Kriminalisten als ein Wendepunkt im Vorgehen des Täters angesehen. Der Vergewaltiger beschloss, dass er seine zukünftigen Opfer am Schreien hindern wollte, bevor er sich an ihnen verging.

Sein nächstes Opfer schlug er nieder und glaubte, sie getötet zu haben, bevor er sich an ihr verging. Tatsächlich war die Frau aber nur bewusstlos. Wäre dem Täter das aufgefallen, hätte sie den Angriff auf sich mit Sicherheit nicht überlebt.

Einige Wochen später saß eine Fabrikarbeiterin nach ihrer Schicht in der S-Bahn. Die Frau war allein im Abteil, als ein Mann neben sie trat. Unvermittelt packte er ihren Hals und drückte fest zu. Nachdem das überrumpelte Opfer das Bewusstsein verloren hatte, schleifte der Täter es den Gang entlang zur Tür, öffnete die Flügel und warf den vermeintlich toten Körper aus dem fahrenden Zug. Doch die Frau überlebte schwerstverletzt. Zu einer Vergewaltigung kam es nicht, denn das Überwältigen der Frau hatte länger gedauert, als der Täter geplant hatte – die S-Bahn war kurz davor gewesen, in den nächsten Bahnhof einzufahren.

Vier Wochen nach dem letzten Vorfall beging der Täter im Schutz der Nacht seinen ersten Mord. Eine 20-Jährige wurde tot in ihrem Häuschen in der Gartenkolonie entdeckt. Der Mörder hatte die zweifache Mutter gewürgt, bevor er ihr mit einem Messer die Halsschlagader aufschlitzte.

Ich könnte noch lange weitermachen mit dieser Aufzählung des Grauens. Als Tatwaffen dienten ihm ein Messer, eine Eisenstange, ein schweres Bleikabel oder auch seine bloßen Hände. Es wurde immer offensichtlicher, dass die Mordlust des Täters sich unaufhörlich weiter Bahn brach. Sein bevorzugtes Jagdgebiet war die S-Bahn. Wegen der Verdunklung fuhren die Züge nachts ohne Scheinwerfer und Licht in den Abteilen. Es war also ein Leichtes für den Mörder, sein Opfer in einem leeren Waggon zu überwältigen und zu töten, bevor er die Leiche aus dem fahrenden Zug stieß. Selbst vor Schwangeren machte der Unbekannte nicht halt. Mir dreht sich der Magen um bei dem Gedanken an die vielen Kinder, die in jener Zeit ihre Mütter verloren und um ihre Väter im Krieg bangen mussten.

Als meine Urgroßmutter mir das erste Mal von den schrecklichen Taten erzählte, welche die Stadt in Angst und Schrecken versetzt hatten, fragte ich sie ganz naiv, ob man die Verbrechen nicht hätte verhindern können. Ja, ich weiß. Das Augenrollen dürfen Sie sich sparen. Mein Gedanke war lediglich, ob man die Frauen nicht hätte warnen können. So hätten sie sich nach Einbruch der Dunkelheit in Gruppen zusammenschließen können – denn der Mörder griff seine Opfer stets an, wenn sie allein unterwegs waren.

Urgroßmutter Klara schüttelte nach meiner Frage nur traurig den Kopf. Natürlich wäre das eine Möglichkeit gewesen, pflichtete sie mir bei. Aber die Zeiten waren andere als heute. Das Nazi-Regime sorgte generell dafür, dass die Berichterstattung stark zensiert wurde. Sie ahnen sicherlich, dass die Nazis natürlich auch bestrebt waren, Nachrichten über die fürchterlichen Verbrechen zu unterbinden. Ein Grund dürfte gewesen sein, dass sie die Kriegsmoral bei den Soldaten an der Front nicht gefährden wollten. Die Männer würden sich sonst verständlicherweise Sorgen um ihre zurückgelassenen Ehefrauen machen, wenn sie wüssten, dass ein Serienmörder in der Stadt sein Unwesen trieb.

Die ermittelnden Kriminalpolizisten waren alles andere als begeistert davon, die Bevölkerung nicht vor dem Triebtäter warnen zu dürfen. Erst lange nach Beginn der Verbrechensserie gestatteten die Nazis es, 2000 Flugblätter zu drucken. Viel zu wenige, um alle Frauen in der Großstadt auf die Gefahr aufmerksam machen zu können. Zudem wurde eine Belohnung für Hinweise ausgesetzt, die zur Ergreifung des Täters führen würden. Daraufhin meldeten sich eine Vielzahl von Bürgern und berichteten über seltsame Beobachtungen, die sie gemacht hatten. Allerdings waren es zu viele Hinweise, als dass die Kripo ihnen allen hätte nachgehen können.

Urgroßmutter Klara erzählte mir, dass sich durch die spärliche Berichterstattung über die Verbrechen ein weiteres Problem ergab. Die Frauen, die über die Gefahr Bescheid wussten, mieden die Wege in der Gartenkolonie und die S-Bahnen bei Nacht. Das wiederum führte dazu, dass in der Dunkelheit noch weniger Menschen unterwegs waren und die Frauen, die keine Ahnung hatten, dass ein Serienmörder sein Unwesen trieb, dem Täter schutzlos ausgeliefert waren.

Die Kripo fahndete mit Hochdruck nach dem Mann. Zeitweise waren sich die Kriminalisten gar nicht sicher, ob sie es nicht vielleicht sogar mit zwei Tätern zu tun haben könnten, denn nicht alle Frauen wurden vergewaltigt, nicht alle getötet. Die einen wurden auf den verwinkelten Pfaden der Gartenkolonie angegriffen, die anderen in leeren Zugabteilen. Doch eine Gemeinsamkeit gab es: Die Frauen, die die Attacke überlebt hatten, berichteten, dass ihr Angreifer eine Uniform getragen hatte. Ein wichtiger Hinweis für die Kriminalpolizisten. Zwar konnten die Überlebenden das Aussehen der Uniform nicht im Detail spezifizieren, aber die Kriminalisten hatten aufgrund der Beschreibung die Vermutung, dass es sich um einen Bahnangestellten handeln könnte.

Die Ordnungshüter befragten nahe den Tatorten eine Reihe von Angestellten der Eisenbahn. Doch keiner von ihnen erweckte den Verdacht, der gesuchte Täter zu sein. Weibliche Beamte wurden als Lockvögel in die Nacht geschickt – aber von ihnen wurde keine belästigt, geschweige denn angegriffen.

Die Polizistinnen konnten während ihrer Streifzüge nichts Auffälliges beobachten. Die Ermittler kamen ins Grübeln. Hatte der Serienmörder zuvor zwischen seinen Taten nur wenig Zeit verstreichen lassen, wurde es nun ruhig um ihn. Die Kripobeamten bestärkte dieser Umstand in ihrer Vermutung, dass es sich bei dem Gesuchten um einen Eisenbahner handeln könnte. Immerhin hatten die Angestellten der Deutschen Reichsbahn unweigerlich mitbekommen, was sich in der Dunkelheit rund um den Bahnhof und in der Gartenkolonie abspielte. Nicht zuletzt deswegen, weil die meisten von ihnen von der Kriminalpolizei verhört worden waren. Sie vermuteten, dass der Mörder nun gewarnt war.

Die Kripo griff zu ungewöhnlichen Maßnahmen, um den Serienmörder dingfest zu machen. Nur, weil er zurzeit nicht mordete, wollten die Beamten nicht so recht daran glauben, dass die Mordserie beendet war. In ihrer Not verkleideten sich einige Polizisten als Frauen, um den Triebtäter anzulocken. Sechs Männer, mit Damenhüten auf den Köpfen, langen Mänteln, Stiefeln und Handschuhen, gingen auf Streife. Sie können sich bestimmt vorstellen, wie albern die Beamten in ihrer Verkleidung aussahen. Aber in der Dunkelheit wären sie für den Mörder unmöglich als Männer zu identifizieren gewesen. Doch außer einem lustigen Foto der getarnten Ordnungshüter, das in die deutsche Polizeigeschichte einging, blieb die Aktion ohne Erfolg.

Es war im Februar 1941, als die nächste ermordete Frau entdeckt wurde – das siebte Opfer. Mittlerweile war die Nachrichtensperre aufgehoben worden. So war es den Beamten möglich, die Tageszeitung lesende Bevölkerung dazu aufzurufen, verdächtige Beobachtungen der Polizei zu melden. Doch anscheinend hatte niemand in jener Nacht etwas Ungewöhnliches bemerkt.

Die Tatausführung ließ für die Ermittler nur den Schluss zu, dass der Serienmörder wieder zugeschlagen hatte. Umso erstaunter waren die Kriminalbeamten, als es in den kommenden sechs Monaten abermals ruhig um den Angreifer wurde. War er möglicherweise umgezogen oder gar verstorben? All diese Überlegungen der Ermittler wurden jedoch widerlegt, als im Juli 1941 erneut eine ermordete Frau in der Gartenkolonie entdeckt wurde.

Nun meldete sich ein ehemaliger Bahnangestellter bei der Kripo. Er berichtete den Beamten von einem früheren Kollegen, der ihm noch nie so ganz geheuer gewesen sei. Der habe hin und wieder einfach seinen Arbeitsplatz verlassen. Des Öfteren stahl sich der verheiratete Mann in der Nacht davon. Angeblich, um seiner Geliebten einen Besuch abzustatten. Der frühere Eisenbahner äußerte gegenüber den Kriminalpolizisten den Verdacht, dass sein Kollege sich in dieser Zeit vielleicht stattdessen auf die Suche nach dem nächsten Opfer begeben hatte.

Es dauerte einige Tage, bis sich der Zeuge endlich an den Namen seines ehemaligen Kollegen erinnern konnte. Die Kripobeamten horchten auf. Den nun Verdächtigen hatten die Ermittler als Täter längst ausgeschlossen. Doch mit der Aussage des früheren Bahnangestellten fiel das Alibi des Mannes, der während der Tatnächte jeweils an seinem Arbeitsplatz gewesen sein wollte, wie ein Kartenhaus in sich zusammen.

Meine Urgroßeltern Klara und Heinrich lebten Tür an Tür mit Familie Wolf. Mutter Luise war Hausfrau. Vater Otto arbeitete für die Deutsche Reichsbahn als Hilfsweichenwärter. Die zwei Kinder des Ehepaares waren im Grundschulalter. Gut erzogen soll der Nachwuchs der Wolfs gewesen sein. Eines Tages, meine Urgroßmutter war allein zu Hause, wollte sie das Essen für

Heinrich und die kleine Ida zubereiten, als die Tür des Kohleofens sich nicht mehr schließen ließ. Ohne zu zögern, klingelte sie bei den Wolfs und bat Otto um Hilfe. Der ließ alles stehen und liegen, schnappte sich seinen kleinen Werkzeugkoffer und reparierte die Kohleofentür.

Meine Großmutter schwärmte nicht nur von Ottos Hilfsbereitschaft und seinem handwerklichen Geschick, ihr imponierte auch der grüne Daumen ihres Nachbarn. Auf dem kleinen Gartengrundstück vor dem Haus züchtete er mit Erfolg allerlei Gemüsesorten.

Mein Urgroßvater Heinrich, so erzählte meine Großmutter mir, habe Frau Wolf und ihre beiden Kinder gerne leiden mögen – mit Otto aber habe er nicht viel anfangen können. Warum genau, konnte er wohl nicht sagen. Es war einfach so ein Gefühl. Im Gegensatz zu meiner Urgroßmutter war er deshalb auch nicht davon begeistert, dass Otto die Kohleofentür reparierte, weil dieser in der Zeit mit Klara und Ida allein in der Zwei-Zimmer-Wohnung war.

Meine Urgroßmutter tat die Bedenken ihres Mannes mit einem Augenrollen ab. Das änderte sich allerdings schlagartig, als Klara früh am Morgen des 12. Juli 1941 schwere Schritte im Hausflur vernahm. Sie eilte zum Türspion und spähte in den Gang. Vor der Wohnungstür der Wolfs standen zwei Herren, bekleidet mit dunklen Mänteln und Hüten. Die beiden schienen keine normalen Besucher zu sein. Nicht nur die frühe Uhrzeit sprach dagegen, sondern auch der ernste Tonfall, mit denen sie Luise Wolf begrüßten. Da meine Urgroßmutter aber nicht verstehen konnte, was im Hausflur gesprochen wurde, eilte sie in die Küche und holte sich ein Trinkglas. Die Öffnung des Gefäßes drückte Klara vorsichtig gegen die Holztür und legte ihr Ohr auf den Glasboden. So konnte sie das Gespräch belauschen.

Zwischenzeitlich war auch Otto Wolf an die Wohnungstür getreten. „Sie haben mich doch schon im Stellwerk verhört", hörte meine Großmutter ihn sagen. „Wir hätten aber trotzdem noch eine Frage an Sie“, brummte einer der Fremden. Klara nahm das Glas herunter und spähte wieder durch den Türspion. Die beiden Männer versperrten ihr die Sicht auf Luise und Otto. Erst als die Unbekannten sich umwandten und mit Otto im Schlepptau die Treppenstufen herunterpolterten, konnte sie einen Blick auf die sprachlose Luise werfen, die dem Trio ungläubig hinterherstarrte.

Die Kripobeamten nahmen Otto Wolf nun genau unter die Lupe. Auf seiner Uniform entdeckten die Ermittler Blutspuren. In den kommenden Stunden der Vernehmung begann die Fassade des loyalen, liebevollen Familienvaters allmählich zu bröckeln. Denn von Treue hielt Otto Wolf anscheinend gar nichts. Es kam heraus, dass der Familienvater zahlreiche Affären mit anderen Frauen unterhielt. Bei einer seiner Liebschaften zog er sich sogar eine Geschlechtskrankheit zu.

Obwohl die Kripobeamten einige der überfallenen Frauen auf die Polizeiwache zitierten und die Opfer ihren Peiniger anhand seiner Stimme zweifelsfrei als ihren brutalen Angreifer identifizierten, stritt Wolf beharrlich ab, die „Bestie“ und der „S-Bahn-Mörder“ zu sein, wie Reporter den Täter getauft hatten.

Kurzerhand griff einer der Kripobeamten zu einer List: Er breitete einige Fotos auf dem Tisch aus. Otto starrte auf die Bilder, welche die schweren Kopfwunden der Opfer des S-Bahn-Mörders dokumentierten. Womit Wolf die Frauen erschlagen habe, fragte der Ermittler, woraufhin sein Gegenüber unbedacht antwortete: „mit einem Bleikabel“. Damit saß Wolf in der Falle. Ab diesem Zeitpunkt dauerte es nicht mehr lange, bis der unscheinbare Nachbar meiner Urgroßeltern gestand, der gesuchte Serienmörder zu sein. Allerdings könne er für seine Taten nichts, denn er leide unter einer geistigen Umnachtung, versuchte er, seine scheußlichen Verbrechen zu entschuldigen. Daran wiederum sei ein Arzt schuld, der ihn wegen der Geschlechtskrankheit, die er sich bei seinen außerehelichen Affären zugezogen hatte, behandeln sollte. Der Mediziner sei nämlich Jude gewesen und deshalb glaube Wolf, ein strammer Parteigenosse, dass der Arzt ihn absichtlich falsch behandelt habe.

Ein Psychiater bescheinigte Wolf später allerdings, dass er voll zurechnungsfähig war und auch nicht an Wahnvorstellungen litt. Der Experte stellte jedoch einen stark ausgeprägten, Richtung Perversion gehenden Sexualtrieb bei seinem Klienten fest, dessen Wesen er als stumpf und gleichgültig beschrieb. Doch der Arzt habe keine Anhaltspunkte ausmachen können, dass Wolf nicht in der Lage gewesen sei, seinen Sexualtrieb zu beherrschen. Der Tatverdächtige selbst sagte, dass ihn ein unbändiger Hass auf Frauen und die Lust am Töten zu den fürchterlichen Verbrechen angestachelt hätten. Auch die verzweifelte Gegenwehr seiner wehrlosen Opfer habe ihn sexuell erregt.

Einige Tage nach seiner Festnahme wurde Otto Wolf in einem Schnellverfahren der Prozess gemacht. Der Richter verurteilte den Nachbarn meiner Urgroßeltern als Gewaltverbrecher und „Volksschädling", wie es damals hieß. Schlussendlich war die traurige Bilanz des Serientäters: acht Morde, sechs versuchte Tötungsdelikte, zahlreiche Überfälle, Vergewaltigungen und viele Angriffe auf Frauen. Zwischen zweien der Morde lagen sogar nur wenige Stunden. Kurzerhand verurteilte der Richter den Angeklagten zum Tode. Am 24. Juli 1941 trat Wolf seinem Henker gegenüber.

Meine Urgroßmutter Klara konnte sich noch gut daran erinnern, wie sie die Witwe Luise Wolf eines Tages dabei sah, wie sie die Post aus dem Briefkasten holte. Ein Schreiben machte sie wohl so neugierig, dass sie es noch an Ort und Stelle aufriss. Während die Blicke der Frau, die von Kopf bis Fuß in schwarzer Trauerkleidung gehüllt war, über das Blatt Papier huschten, konnte Klara beobachten, wie alle Farbe aus dem Gesicht von

Frau Wolf wich. Sie ließ den Brief fallen und stürzte im Anflug eines Schwächeanfalls zu Boden. Klara rannte die Treppenstufen herunter, um ihrer Nachbarin zu Hilfe zu eilen. Während sie Frau Wolf mit den Händen Luft zufächelte, schielte sie zur Seite auf das ominöse Schreiben, das der zweifachen Mutter den Boden unter den Füßen weggezogen hatte. Es kam von der Haftanstalt, in der ihr mittlerweile hingerichteter Ehemann eingesessen hatte. Bei dem Brief handelte es sich um eine Rechnung – für die Abnutzung des Fallbeiles.

Oft erzählte mir meine Urgroßmutter von einer Begebenheit, die wahrscheinlich auch Ihnen einen Schauer über den Rücken jagen wird: Während die Suche nach dem S-Bahn-Mörder auf Hochtouren lief, befestigte mein Urgroßvater Fahndungsplakate an den Laternen ihrer Wohnstraße, als ein Mann neben ihn trat. „Schon seltsam“, sinnierte mein Urgroßvater Heinrich, „da verteilt man hier die Suchplakate in dem Wissen, die Bestie könnte gar dein Nachbar sein.“ Der Mann neben ihm grinste und stimmte nickend zu: „Da könnten Sie wohl recht haben“, sagte Otto Wolf.

Man kann den Menschen eben immer nur vor den Kopf gucken.

ACHT SCHÜSSE

WALTER

81 JAHRE

SCHLESWIG-HOLSTEIN

TRIFFT IN EINER
PSYCHIATRISCHEN EINRICHTUNG
AUF DIE TÄTERIN SILVIA

Vorab müssen Sie wissen, dass ich für diesen Fall sicherlich nicht der objektivste Erzähler bin. Ich bin ein körperliches und seelisches Wrack. Mein Herz hat Mühe, im Takt zu schlagen, die Knochen sind brüchig wie morsche Zweige und meine Blutzuckerwerte verursachen meinem Hausarzt regelmäßig nervöses Lidzucken. Von meiner psychischen Verfassung will ich gar nicht erst sprechen. Ich fühle mich seit Jahren wie ein Gefangener meiner düsteren Gedanken.

Der einzige Antrieb, der mich weiterleben lässt, ist der Wunsch, den Mörder meiner Tochter doch noch eines Tages vor Gericht zu bringen. Ich will, dass ein Richter feststellt, dass dieser Mann für ihren Tod im Jahre 1981 verantwortlich ist. Er hat sie verschleppt, vergewaltigt und ermordet. 17 Jahre war sie erst alt – sie hatte noch ihr ganzes Leben vor sich. Ich will, dass der Mörder verurteilt wird und die restlichen Jahre seines Daseins in einer kargen Gefängniszelle verbringen muss. Eine gerechte Strafe für das Unheil, das der Täter über meine Familie und mich gebracht hat, gibt es nicht. Sie können mir glauben, dass ich mir dessen bewusst bin. Aber zu wissen, dass der Mörder meines Kindes unbehelligt weiterleben darf, hält mich in einer Endlosschleife aus Trauer, Wut und Verzweiflung gefangen. Das muss ein Ende haben. Dafür kämpfe ich. Seit über vier Jahrzehnten. Mit allen Mitteln, die mir zur Verfügung stehen – zumindest mit allen legalen.

Eine Mischung aus juristischem Tauziehen und Gesetzeslücken, durch die der Mörder schlüpfen konnte, haben es möglich gemacht, dass er auch heute noch nicht verurteilt ist. Aber vielleicht verstehen Sie jetzt besser, warum ich mich nicht ganz erwehren konnte, Silvia für ihre Entschlossenheit zu bewundern. Auch wenn das, was sie getan hat, Unrecht vor unserem geltenden Gesetz ist.

Nach dem Mord an meinem Mädchen bin ich in ein tiefes schwarzes Loch gefallen, aus dem ich mich bis heute nicht hinaushangeln konnte. Damals wollte ich ihr in den Tod folgen. Aber ich wusste, dass Selbstmord keine Lösung war. Also beschloss ich, mir Hilfe zu suchen, und begab mich 1982 in eine psychiatrische Klinik. Eines Tages sah ich dort Silvia allein im Speisesaal an einem Tisch sitzen und beobachtete, wie sie lustlos in ihrem Salat herumstocherte. Ich wunderte mich, dass sie sich frei in der Heilanstalt bewegen durfte, denn zu diesem Zeitpunkt befand sie sich in Untersuchungshaft.

Ich erkannte sie sofort. Oft schon hatte ich ihr Gesicht über die Mattscheibe flimmern sehen oder in der Tageszeitung betrachtet. Die hochgewachsene, schlanke Frau mit den schulterlangen braunen Haaren und stahlblauen Augen war eine hübsche Erscheinung. Ganz Deutschland wusste, wer Silvia war. Wie Moses einst das Rote Meer teilte, spaltete Silvia die Gesellschaft mit dem, was sie getan hatte. Zugegeben: Ich gehörte zu der Fraktion, die ihr am liebsten Beifall geklatscht hätte.

Silvia war aus dem Gefängnis in die Psychiatrie überstellt worden, um von einem renommierten Experten ein Gutachten über sich erstellen zu lassen. Seine Einschätzung über ihre seelische Verfassung benötigte sie für ihr anstehendes Gerichtsverfahren.

Ich nahm all meinen Mut zusammen und schlurfte mit dem Serviertablett in den Händen auf Silvia zu. Als sie mich bemerkte, hob sie den Kopf. Auf meine Frage, ob ich mich zu ihr setzen dürfe, antwortete sie mit einem zögernden Kopfnicken.

Ich ließ mich ihr gegenüber auf einen der harten Plastikstühle plumpsen. Einige Sekunden herrschte betretenes Schweigen. Dann räusperte ich mich. „Ich bin auf Ihrer Seite", sagte ich. Das Eis war gebrochen.

Silvia gehörte nicht zu der Sorte Mensch, dem es wichtig war, was die Leute von ihr dachten. Aber nun, wo sie sicher sein konnte, dass ich sie für ihre Tat nicht verurteilte, fanden wir eine gemeinsame Basis. An jenem Tag plauderten wir über belanglose und unverfängliche Dinge wie das Wetter und das fade Kantinenessen. Doch schon am folgenden Tag wurden unsere Gespräche tiefgründiger. Ich fühlte mich mit Silvia verbunden. Die 31-Jährige gab mir das Gefühl, ihr alles sagen zu können, und so erzählte ich ihr, wie ein skrupelloser Mörder meine Tochter brutal aus dem Leben riss.

Silvia hörte mir aufmerksam zu. Manchmal nickte sie verständnisvoll. Die junge Frau gehörte immerhin zu den Menschen auf der Welt, die leider auch erfahren mussten, was es bedeutete, sein eigenes Kind durch fremde Hand zu verlieren.

Ich erinnere mich noch genau, wie wir eines Tages durch die eingezäunte Parkanlage der Psychiatrie schlenderten und uns auf einer Bank niederließen. Die Sonnenstrahlen wärmten unsere Gesichter, während eine leichte Brise durch unsere Haare fuhr. Silvia fingerte eine Zigarette aus der Schachtel, steckte den Filter zwischen ihre Lippen und entzündete mit einem Streichholz den Tabak. Sie schloss die Augen und sog den blauen Dunst in ihre Lungen. Als sie ihre Lider wieder öffnete, blickte sie mich an. Aufmunternd nickte ich ihr zu. Sonst zurückhaltend und verschlossen, begann sie nun, mir ihre Geschichte zu erzählen.

Silvia wurde im Sommer des Jahres 1950 geboren. Als sie drei Jahre alt war, trennten sich ihre Eltern. Ihre Mutter blieb aber nicht lange allein und heiratete bald darauf wieder. Silvia erzählte mir, dass ihr Stiefvater sie nicht gut behandelt habe. Wie das schwarze Schaf der Familie habe sie sich gefühlt.

Als Silvia 16 Jahre alt war, bemerkte sie, dass sie von ihrem Freund schwanger war. Sie vertraute sich ihrer Mutter an. Doch statt der Jugendlichen aufbauende Worte und Unterstützung zukommen zu lassen, setzten die Frau und ihr zweiter Ehemann die Schwangere einfach vor die Tür. Silvia kam in einem Heim für Kinder und Jugendliche unter. Nach der Geburt ihres ersten Kindes entschloss sie sich dazu, das Mädchen zur Adoption freizugeben. Silvia wusste, dass sie dem Neugeborenen in ihrer derzeitigen Lebenssituation nicht gerecht werden konnte.

Zwei Jahre später war Silvia erneut schwanger. Doch die junge Frau fühlte sich immer noch nicht bereit dazu, in die Rolle einer aufopferungsvollen Mutter zu schlüpfen und dem Kind ein liebevolles Zuhause und Geborgenheit schenken zu können – all die Dinge, die sie selbst in ihrer Kindheit schmerzlich vermisst hatte. Deshalb gab sie auch ihre zweitgeborene Tochter zur Adoption frei.

Silvia war 22 Jahre alt, als sie Markus kennen und lieben lernte. Kurze Zeit später war Silvia abermals in anderen Umständen. Sie hatte sich fest vorgenommen, dass dieses Mal alles anders werden sollte. Ihr drittes Kind wollte sie bei sich behalten. Die junge Frau lebte ja nun auch in geordneten und stabilen Verhältnissen. Silvia hatte das Gefühl, endlich angekommen zu sein. Mit Markus hatte sie eine kleine Wohnung im Norden Deutschlands gemietet und gemütlich eingerichtet. 1972 brachte Silvia ein gesundes kleines Mädchen zur Welt. Die frischgebackenen Eltern tauften das Baby auf den Namen Tanja.

Ich weiß nicht genau, wie alt Tanja war, als Silvia ein Ladenlokal mietete und ihre Kneipe eröffnete. Und ich erinnere mich auch nicht mehr, wie jung ihre Tochter war, als Silvia sich von dem Vater der kleinen Tanja trennte. Doch fortan war das niedliche Mädchen mit den großen braunen Kulleraugen und dem ansteckenden Lachen der Mittelpunkt in Silvias Leben.

Ich kann mir gut vorstellen, dass der Spagat als alleinerziehende Mutter zwischen Selbstständigkeit und Kindererziehung nicht immer leicht war. Obwohl sich Silvia aufopfernd um das kleine Mädchen kümmerte, genoss sie in der Nachbarschaft nicht den besten Ruf als Mutter. Denn oft stand sie bis in die frühen Morgenstunden hinter dem Tresen.

Es war ein Tag im Mai 1980, an dem Silvias Leben auf den Kopf gestellt wurde. Die kleine Tanja war sieben Jahre alt. Silvia erzählte mir, dass ihre Tochter an diesem Tag nicht in die Schule gegangen war. An den Grund kann ich mich nicht mehr erinnern. Extra für Sie habe ich die Zeitungsartikel von damals nochmal durchforstet, aber die Reporter stellten die Situation des Morgens ganz unterschiedlich dar. Die einen Journalisten schrieben, dass Silvia nach einer anstrengenden Nachtschicht verschlief und ihre Tochter deshalb statt in die Schule zu einer Freundin gegangen sei. Andere hingegen glaubten zu wissen, dass Tanja mit Erlaubnis ihrer Mutter die Schule schwänzte, um am Vormittag mit einem gleichaltrigen Mädchen spielen zu können. Für die Geschichte, die ich Ihnen erzählen möchte, ist es aber auch nicht so wichtig, was sich am Morgen dieses Tages abspielte. Fest steht, dass die Grundschülerin, statt mit dem anderen Mädchen auf einem Spielplatz herumzutollen, einem Triebtäter in die Hände fiel.

Es war nicht das erste Mal, dass Dietmar Schmitz sich an einem unschuldigen Kind verging. Der damals 35-Jährige war bereits wegen des sexuellen Missbrauchs an zwei Mädchen polizeilich bekannt gewesen. Während er 1976 seine Strafe absaß, entschied sich der gelernte Fleischer für eine operative Kastration. Schmitz wusste natürlich, dass ihm der Eingriff für seine Sozialprognose bezüglich einer baldigen Entlassung aus dem psychiatrischen Krankenhaus zugutekommen würde. Durch die Kastration schätzten die Gutachter das Risiko für eine erneute

Straftat als gering ein. Eine fatale Fehleinschätzung. Denn kaum zurück in Freiheit fand Schmitz bald einen Urologen, der ihm Hormone verschrieb. Der Verurteilte soll dem Mediziner vorgelogen haben, dass er der erste Mann in der Bundesrepublik gewesen war, der wegen Exhibitionismus kastriert wurde. Wohl deshalb glaubte der Arzt, dass es vertretbar sei, dem Mann das Medikament zu verschreiben – unwissend, dass er mit dem Präparat ein Monster wiederbelebte.

Als Tanja zur Mittagszeit nicht nach Hause kam, war Silvia beunruhigt. Sie können sich bestimmt gut vorstellen, dass sich die Sorge der Mutter bald in Panik steigerte, als ihre Tochter auch in den kommenden Stunden nicht auftauchte. Silvia informierte die Polizei über das Verschwinden von Tanja. Die alarmierten Beamten machten sich sofort auf die Suche nach ihr.

Als der Abend hereinbrach, klingelte es an Silvias Haustür. Draußen standen zwei Ordnungshüter. Ihr trauriger Blick verriet der besorgten Mutter gleich, dass etwas Schlimmes passiert sein musste. Die Polizisten teilten Silvia mit, dass sie im Suchgebiet an einem Flussufer einen großen Karton gefunden hatten. Als sie ihn öffneten, entdeckten sie darin die gefesselte Leiche der kleinen Tanja.

Die Staatsanwaltschaft nahm später an, dass Schmitz das kleine Mädchen in seine Wohnung gelockt hatte. Es konnte nie geklärt werden, welches Martyrium das Kind über sich ergehen lassen musste, bevor Schmitz ihm eine Strumpfhose um den Hals legte und es erdrosselte. Im Anschluss zwängte er die ermordete Grundschülerin in den Karton und schaffte das Paket ungesehen zum späteren Fundort.

Ich weiß nicht, wie die Polizei Schmitz so schnell auf die Schliche gekommen ist. Manche Journalisten schrieben, dass die Beamten einen Hinweis von seiner Verlobten bekamen. Auf jeden Fall dauerte es nicht lange, bis die Handschellen klickten. Der Mörder gestand den vernehmenden Beamten, dass er Tanja getötet hatte. Er stritt jedoch vehement ab, Tanja sexuell missbraucht zu haben. Schmitz besaß die Dreistigkeit, dem kleinen Mädchen eine Mitschuld an ihrem Tod zu geben. Er behauptete, dass das Kind Geld von ihm habe erpressen wollen. Andernfalls, so soll die 7-Jährige gedroht haben, würde sie ihrer Mutter verraten, dass der Metzger sie gestreichelt hätte. Nur deshalb, so sagte der vorbestrafte Triebtäter, habe er das Mädchen ermordet. Das ist doch wirklich unerhört! Ich muss Ihnen wohl nicht sagen, was ich über diesen Humbug denke.

Einige Monate später musste Schmitz sich vor Gericht für seine grausame Tat verantworten. Tanjas Eltern versuchten derweil, den Urologen zur Rechenschaft zu ziehen, der dem Mörder ihrer Tochter das Hormonpräparat verschrieben und damit das Unheil heraufbeschworen hatte.

Silvia verfolgte jeden Prozesstag gegen Dietmar Schmitz. Was Silvia mir berichtete, war, dass sie eines Tages auf dem Gerichtsflur ein Gespräch mitbekam. Aus den Wortfetzen konnte sie entnehmen, dass der Angeklagte plante, eine Aussage zu machen, und sein Schauermärchen von dem 7-jährigen Mädchen, das ihn um ein paar D-Mark zu erpressen versuchte, der Öffentlichkeit zum Besten geben wollte. Um jeden Preis wollte Silvia verhindern, dass der Angeklagte die Gelegenheit bekam, ihrer Tochter vor aller Welt eine Mitschuld an der grausamen Tat zu geben.

Der dritte Verhandlungstag sollte am 6. März 1981 stattfinden – ein Jahr und einen Tag nach der Ermordung der kleinen Tanja. Schmitz hockte teilnahmslos auf der Anklagebank. Den Hereintretenden hatte er seinen Rücken zugewandt. So konnte er nicht sehen, wie Silvia entschlossenen Schrittes und mit versteinerter Miene den Gerichtssaal betrat. Die Lippen fest aufeinandergepresst und mit zusammengekniffenen Augen zog sie blitzschnell eine Pistole aus ihrem beigefarbenen Trenchcoat hervor und trat von hinten an Schmitz heran. Damals waren die Sicherheitsvorkehrungen bei Gericht noch nicht so streng, wie sie es heute sind. Schließlich rechnete niemand damit, dass jemand eine Pistole zu Gericht mitbringen und einen der Prozessbeteiligten erschießen könnte – bis zu jenem Tag, als Silvia den Abzug spannte, zielte und abdrückte.

Acht Patronen schossen durch die Luft – sieben davon trafen den Mörder. Manchen Zeitungsartikeln ist zu entnehmen, dass Schmitz sechs Mal getroffen wurde. Silvia gestand mir, dass sie dem Mörder ihrer Tochter am liebsten ins Gesicht geschossen hätte. Sie war zufrieden mit ihrem Werk: Dietmar Schmitz war auf der Stelle tot. Silvia behauptete, dass nicht Rache ihr Motiv gewesen sei, so wie es in meinem Fall sein würde. Sie habe nur sicherstellen wollen, dass vom Täter keine Lügen mehr über ihre ermordete Tochter verbreitet werden konnten.

Das Vorgehen von Silvia spaltete die Bevölkerung. Die einen stärkten der Frau den Rücken und hatten Verständnis für ihr Handeln. Andere wiederum verurteilten sie für das, was sie getan hatte. Sie sagten, dass wir ein funktionierendes Rechtssystem hätten und nur ein Richter den Täter seiner gerechten Strafe zuführen sollte. Das empfinde ich als Hohn. Für solch ein Monster, das Eltern ihr geliebtes Kind auf brutale Art und Weise nimmt, gibt es keine gerechte Strafe hier auf Erden. Die Reporter stürzten sich nach dem Vorfall im Gericht auf Silvia, ihr Leben, den Mord an ihrer Tochter und die Tötung von Dietmar Schmitz.

Ich glaube, dass Silvia auch deshalb in die Kritik geriet, weil die Medien nach der Tötung von Dietmar Schmitz der Öffentlichkeit allerlei Details aus ihrem Privatleben auf dem Silbertablett servierten. Zum Beispiel, dass sie ihre beiden erstgeborenen Töchter zur Adoption freigegeben hatte und dass sie als Kneipenbesitzerin die Nächte oft durchgearbeitet hatte. Deshalb war Tanja schon früh selbstständiger als ihre Altersgenossen gewesen. Aber machten die Leute sich auch Gedanken darüber, ob Silvia überhaupt eine Wahl hatte? Sie musste Geld verdienen, um sich und ihr kleines Mädchen über die Runden zu bringen.

Ehrlicherweise muss ich aber gestehen, dass auch mir das Gerücht zu Ohren gekommen war, dass Silvia kurz vor der Ermordung ihrer Tochter mit dem Gedanken gespielt hatte, die kleine Tanja in eine Pflegefamilie zu geben. Ein befreundetes Ehepaar sollte sich wohl um das kleine Mädchen kümmern. Ob das allerdings wirklich stimmte, weiß ich nicht und ich traute mich auch nicht, Silvia danach zu fragen. Ich hatte die Befürchtung, dass sie meine Nachfrage als Vorwurf auffassen könnte. Auch sprach ich sie in keinem unserer Gespräche auf die Unterstellung an, dass sie im Keller ihrer Gaststätte das Schießen geübt haben soll. Denn wäre dem so gewesen, dann hätte dieser Umstand eindeutig gegen Silvias Behauptung gesprochen, dass sie Schmitz im Affekt getötet hatte. Ich fragte sie auch nie, woher sie die Tatwaffe hatte – und ehrlich gesagt interessierte es mich auch nicht.

Bis zu ihrem Prozess kam Silvia in Untersuchungshaft. Ein Spendenkonto wurde für Sie eingerichtet und die Menschen ließen sich nicht lumpen. Binnen kürzester Zeit kamen 100.000 D-Mark zusammen. Von dem Geld sollte es Silvia unter anderem möglich gemacht werden, einen ambitionierten Anwalt für ihre Verteidigung zu engagieren.

Nachdem ich Silvia während ihres kurzen Aufenthaltes in der psychiatrischen Klinik kennengelernt hatte, verloren wir aus den Augen. Vielleicht hätten wir uns in unserem Schmerz und der tiefen Trauer über den Verlust unserer Kinder gegenseitig stützen können, doch wir waren zu sehr mit uns selbst beschäftigt. Dennoch war ich so neugierig, dass ich Silvias Fall sporadisch in den Medien verfolgte. So bekam ich auch mit, dass der Urologe, der Schmitz seinerzeit das Unheil bringende Hormonpräparat verschrieben hatte, dafür nicht wegen fahrlässiger Tötung strafrechtlich belangt wurde. Der Mediziner konnte glaubhaft versichern, dass er Schmitz das Medikament verschrieb, um die Beschwerden des Mannes zu lindern, die durch die Kastration entstanden waren. Der Staatsanwaltschaft hingegen gelang es nicht, sicher zu rekonstruieren, ob der Arzt über die Art der Vorstrafen seines Patienten im Bilde gewesen war.

Gegen Silvia erhob die Staatsanwaltschaft Anklage wegen Mordes an Dietmar Schmitz. Acht Monate nach der Tat wurde der Prozess eröffnet. Im Laufe der Verhandlung ließen die Anklagevertreter den Mordvorwurf jedoch fallen und plädierten schlussendlich auf Totschlag. Das psychiatrische Gutachten bescheinigte Silvia eine Form der Depression – ausgelöst durch die Ermordung ihrer kleinen Tochter.

Nach 28 Verhandlungstagen verkündete der Vorsitzende Richter im März 1982 das Urteil: Silvia wurde wegen Totschlags und unerlaubten Waffenbesitzes zu einer Haftstrafe von sechs Jahren verurteilt. Die Zeit, welche Silvia in Untersuchungshaft verbracht hatte, wurde ihr angerechnet und so wurde sie 1985, nach Verbüßung von zwei Dritteln der Haftstrafe, auf Bewährung in die Freiheit entlassen.

Noch im gleichen Jahr heiratete Silvia einen Lehrer. Drei Jahre später zog das Ehepaar nach Lagos in Nigeria. Wiederum zwei Jahre später ließ sich Silvia abermals scheiden. Ihre neue Heimat wurde Sizilien. Hier fand sie die Ruhe, die sie brauchte, um ihre Autobiografie zu Papier zu bringen. Silvia fand sogar einen Verlag, der das Buch in die Buchhandlungen brachte.

Das freute mich für sie. Auch wenn ihr Leben nach der Tötung von Schmitz auf mich den Eindruck eines getriebenen Tieres machte, wünschte ich ihr, dass sie es mit dem Niederschreiben ihrer tragischen Lebensgeschichte schaffen würde, die schrecklichen Ereignisse zu verarbeiten.

Es war 1995, als ich eines Abends gelangweilt den Fernseher anschaltete und zu meinem Erstaunen das Gesicht von Silvia über die Mattscheibe flimmern sah. Weit über zehn Jahre waren vergangen, seit ich sie das letzte Mal gesehen hatte. Sie war immer noch eine hübsche Frau, aber die Trauer über Tanjas Verlust hatte tiefe Falten in ihr Gesicht gegraben. Sehr viele Menschen sahen wie ich die Sendung, in der Silvia das erste Mal öffentlich zugab, Dietmar Schmitz, den Mörder ihrer Tochter, nach reiflicher Überlegung erschossen zu haben. Schon davor hatte die Staatsanwaltschaft vermutet, dass die Frau nicht aus einem Affekt heraus gehandelt hatte. Auch ich war der Ansicht, dass ein ungeübter Schütze niemals so treffsicher hätte zielen können. Doch das Geständnis hatte keine strafrechtlichen Konsequenzen mehr für Silvia.

In Deutschland können Sie für eine Tat nicht zweimal verurteilt werden. Mit dem Verlust ihrer Tochter hatte die Frau ohnehin eine lebenslange Strafe bekommen.

Wiederum ein Jahr später erfuhr ich, dass Silvia im Alter von nur 46 Jahren verstorben war. Der Krebs hatte sich in ihre Bauchspeicheldrüse gefressen. Nach der niederschmetternden Diagnose war sie von Sizilien nach Deutschland zurückgekehrt. Ihr Wunsch war es eigentlich gewesen, in der italienischen Stadt Palermo zu sterben. Ich weiß nicht, warum sie stattdessen in einem deutschen Krankenhaus starb. Vielleicht war sie zu schwach, um in ihre Wahlheimat zurückzukehren. Ihre letzte Ruhestätte fand Silvia im Grab neben ihrer Tochter.

DER FALL IHRES LEBENS

CHRISTA
79 JAHRE
HAMBURG

FREUNDIN DER POLIZISTIN ERIKA

Ich kann mich noch gut daran erinnern, wie ich Erika das erste Mal traf. Sie unterrichtete 1971 unter anderem als Sportlehrerin an der Polizeischule, in der ich als Büroangestellte im Sekretariat arbeitete. Erika war zu dem Zeitpunkt 27 Jahre alt und hatte sich in den Jahren zuvor einen Namen als erfolgreiche Leichtathletin gemacht.

An ihrem ersten Tag kam sie vor dem Unterricht zu mir ins Büro. Wir mussten noch einige organisatorische Dinge regeln. Kennen Sie das? Sie wechseln mit einem fremden Menschen ein paar Worte und wissen gleich, dass Sie auf einer Wellenlänge sind. So ging es mir mit Erika. Sie hatte stets ein Lächeln auf den Lippen und war zu jeder Tageszeit gut gelaunt. Für sie war das Glas immer halb voll. Dabei hatte sie es in ihrem Leben alles andere als leicht gehabt.

Vor den Sporteinheiten kam Erika oft zu mir ins Büro und wir tranken eine Tasse Kaffee zusammen, bevor sie sich auf den Weg zur Turnhalle machte. Ich fühlte mich auf eine gewisse Art mit ihr verbunden, als sie mir erzählte, dass auch sie ihren Sohn allein großzog. Der Junge muss zu diesem Zeitpunkt etwa sechs Jahre alt gewesen sein – nur ein Jahr älter als meine Tochter damals. Die Ehe war gescheitert und die Scheidung stand kurz bevor.

Ich war zu der Zeit bereits von meinem Mann geschieden und versuchte, meine kleine Susanne und mich mit dem Bürojob in der Polizeischule über Wasser zu halten. Das war keine einfache Zeit. Umso mehr bewunderte ich Erika dafür, wie positiv sie mit ihrer Lebenssituation umging – und wie mutig sie war.

Anders kann ich es nicht bezeichnen, als sie mir eines Tages bei unserem obligatorischen Morgenkaffee ganz aufgeregt erzählte, dass sie den Job als Sportlehrerin an den Nagel hängen und sich zur Polizistin ausbilden lassen wollte. Sie können mir glauben, dass ich bei den Neuigkeiten ganz schön große Auge machte – damit hatte ich nicht gerechnet.

Erika war fasziniert von den Geschichten ihrer Schülerinnen, die gerne über den aufregenden Polizeialltag berichteten. Die Frauen steckten Erika mit ihrer Begeisterung an und sie entschied kurzerhand, ihrem beruflichen Leben eine Wendung zu geben. Da muss sie so 31 Jahre alt gewesen sein. Privat lief es zu dieser Zeit recht gut bei ihr. Erika hatte ihren neuen Lebensgefährten geheiratet. Die finanzielle Verantwortung für ihren 11-jährigen Sohn lastete nun nicht mehr allein auf ihren Schultern.

Es war 1978, als sie ihre Ausbildung begann. Unter den 380 Schülern waren, Erika eingeschlossen, nur fünf Frauen. Die junge Mutter war engagiert und ehrgeizig. Deshalb verwunderte es wohl niemanden, dass sie die Grundausbildung für den mittleren Dienst mit Bravour absolvierte. Anschließend machte Erika noch eine Zusatzausbildung für den Dienst bei der Kriminalpolizei, bevor sie 1981 zur Sittenpolizei wechselte.

Das war bestimmt kein leichter Job. Erika musste dort Delikte wie Vergewaltigung, sexuelle Nötigung und Kindesmissbrauch bearbeiten. Während sie in einer Sonderkommission eingesetzt war, wurde Erika im Herbst 1991 von ihrem Vorgesetzten für eine Angehörigenbetreuung angefordert. Zu ihren Aufgaben gehörte unter anderem, den Verwandten des Opfers in dieser emotional herausfordernden Zeit zur Seite zu stehen. Auch wenn sie durch ihren Beruf zeitlich sehr eingespannt war, hielten wir Kontakt und trafen uns regelmäßig. Dabei berichtete sie mir in allen Einzelheiten von dem Fall ihres Lebens. Ich klebte förmlich an ihren Lippen. Was sie erzählte, hätte sich der beste Krimiautor wohl nicht ausdenken können.

Karin Meyer, die Lebensgefährtin des gealterten Kürschnermeisters Alfred Schneider, war im September 1991 eines Morgens nicht an ihrem Arbeitsplatz in einem Krankenhaus erschienen. Am Nachmittag des Tages klingelte das Telefon bei ihrem Lebensgefährten. Am anderen Ende der Leitung teilte ihm eine piepsige Stimme mit, dass die damals 53-Jährige entführt worden sei. Wenn er wolle, dass Karin Meyer lebend zu ihm zurückkehre, müsse er 300.000 D-Mark an den Entführer zahlen. Die unbekannte Anruferin gab sich als Rechtsanwältin aus. Nachfragen des Kürschnermeisters quittierte die ominöse Juristin auffällig oft mit den Worten „Okay, okay". Alfred Schneider wählte nach dem besorgniserregenden Telefonat den Notruf und teilte dem diensthabenden Polizisten mit, dass seine Lebensgefährtin als Geisel gehalten wurde. Als die unbekannte Anruferin sich erneut bei Herrn Schneider meldete, hatten die Beamten bereits eine Rückverfolgung des Gespräches samt Aufzeichnung veranlasst. Seltsam war, dass Karin Meyer am Morgen ihres Verschwindens selbst bei ihrem Arbeitgeber angerufen und mitgeteilt hatte, dass sie erkrankt sei. Sogar ihr Sohn aus erster Ehe bekam einen Anruf von seiner verwitweten Mutter.

Das erste Mal traf Erika in dem großzügigen, weiß getünchten Bungalow in einem vornehmen Vorort einer Großstadt auf Alfred Schneider. Noch bis vor wenigen Jahren hatte der Kürschnermeister ein gut gehendes Pelzgeschäft geführt.

Bei einem unserer Treffen berichtete Erika mir, dass Herr Schneider einen sichtlich übermüdeten Eindruck machte und unruhig wirkte. Wer konnte ihm das schon verdenken? Doch ihr entging nicht, dass der Mann auffallend elegant gekleidet war. Unter einem teuren Jackett trug er ein Seidenhemd und um seinen Hals war ein kostbares Tuch gebunden.

Dank Erikas offener Art fasste Herr Schneider schnell Vertrauen zu der Kriminalbeamtin. Während ihrer ersten Begegnung sinnierte der Kürschnermeister lange darüber, wo er die piepsige Stimme der ominösen Rechtsanwältin schon einmal gehört hatte. Die Sprachmelodie war ihm so bekannt vorgekommen. Nicht nur für die Ermittler, sondern auch für den Kürschnermeister stand zweifelsfrei fest, dass es sich bei der unbekannten Frau mit Sicherheit nicht um eine Rechtsanwältin handelte. Man konnte wohl davon ausgehen, dass kein Jurist der Welt sich für solch ein schwerwiegendes Verbrechen vor den Karren spannen lassen und sich dann auch noch am Telefon als Anwalt zu erkennen geben würde.

Doch eigentlich war es dem Kürschnermeister auch ziemlich egal, wer den Anruf getätigt hatte: Für Alfred Schneider stand sofort fest, dass er auf die Forderung eingehen und das Lösegeld bezahlen wollte. Auf keinen Fall wollte er riskieren, dass seiner Karin etwas zustieß – denn es war nicht das erste Mal, dass eine Frau spurlos aus seinem Leben verschwand. Nur fünf Jahre zuvor war seine Ehefrau Margarethe von heute auf morgen ohne Vorwarnung abgetaucht. Mysteriös war, dass die vermeintliche Rechtsanwältin über das plötzliche Verschwinden von Margarethe Schneider Bescheid wusste. Nur wenige Tage vor der Entführung von Karin hatte die ominöse Juristin schon einmal bei Alfred Schneider angerufen.

Sie gab vor, dass Margarethe nun endlich die Scheidung wolle und sie die Frau in der Angelegenheit vertrete. Dann bat sie den Kürschnermeister, mit einer Person seines Vertrauens sprechen zu dürfen. Daraufhin hatte Herr Schneider seiner Lebensgefährtin den Telefonhörer gereicht. Karin war gelernte Anwaltsgehilfin und wusste deshalb um juristische Dinge Bescheid.

Niedergeschlagen sagte Herr Schneider jetzt zu Erika, dass ihm nun klar sei, dass es ein großer Fehler war, der vermeintlichen Rechtsanwältin seine Vertrauensperson zu nennen. Der Kürschnermeister glaubte, dass er sich damit angreifbar gemacht hatte, und was noch viel schlimmer war: Er hatte seine Karin in Gefahr gebracht. Nur einen Abend vor der Entführung hatte die Anwältin mit der piepsigen Stimme erneut bei Herrn Schneider angerufen und gebeten, mit Karin sprechen zu dürfen. Die Juristin gab vor, dass Margarethe Schneider vorhabe, ins Ausland zu verreisen, doch leider sei ihr Pass abgelaufen. Karin kam die unbekannte Frau schon bei ihrem ersten Telefonat seltsam vor. Deshalb unterbrach sie den Redefluss der merkwürdigen Rechtsanwältin und forderte ein Lebenszeichen von Margarethe Schneider – woraufhin die Anruferin ohne ein weiteres Wort einfach auflegte.

Nachdem Herr Schneider Erika von den merkwürdigen Begebenheiten erzählt hatte, hakte die Kriminalbeamtin nach. Wie war das denn damals mit Margarethe gewesen? Hatte sich die Frau tatsächlich nicht mehr bei ihrem Ehemann gemeldet? Der Kürschnermeister senkte sein Kinn und schüttelte traurig den Kopf, bevor er zu erzählen begann.

Es war der März des Jahres 1986, als Alfred und Margarethe Schneider von ihrer gemeinsamen Urlaubsreise aus Fuerteventura zurückgekehrt waren. Als der Kürschnermeister am folgenden Tag nach Geschäftsschluss nach Hause kam, war Margarethe samt Dackel Donald verschwunden. Auf dem Esszimmertisch hatte seine Frau eine handschriftlich verfasste Nachricht hinterlassen: „Hab Arbeiten satt, ich will nicht mehr arbeiten, vill nur noch Leben. Im Urlaub ist mir klar geworden." Auf der Rückseite stand: „Brief Folkt."

An jenem Tag brach eine Welt für Alfred Schneider zusammen. In all den 32 Ehejahren hatte seine Frau auch nie den Hauch einer Andeutung gemacht, dass sie ihn verlassen wollte. Materiell ging es ihnen gut, vor allem wegen des erfolgreichen

Geschäftes des Kürschnermeisters. Natürlich hatten Margarethe und er auch hin und wieder mal gestritten. Aber seien Sie ehrlich: In welcher Ehe kommt das nicht vor?

Neben Frau und Hund waren auch Kleider, darunter teure Pelze, sowie Schmuckstücke verschwunden – und 20.000 D-Mark, die das Ehepaar hinter einem Spiegelschrank im Badezimmer versteckt hatte. Der Allibert war förmlich aus der Wand herausgerissen worden, um an die Ersparnisse zu kommen. Herr Schneider konnte sich nur schwer vorstellen, dass seine Frau die Kraft dafür hätte aufbringen können.

Zwei Tage später fand der Kürschnermeister ein Schreiben in seinem Briefkasten. Der Umschlag verriet, dass der Brief in der Heimat des Ehepaares Schneider abgestempelt worden war. Der verlassene Ehemann las, dass seiner Frau im Urlaub klar geworden sei, dass sie nicht mehr arbeiten und fortan lieber im Warmen leben wolle. Weiter schrieb sie, dass Alfred sich wie ein Mann verhalten und nicht gleich zur Polizei rennen solle, denn auch die Beamten würden ihren Aufenthaltsort nicht kennen. Er solle sich ruhig verhalten und über alles nachdenken. Dann könne es sein, schrieb Margarethe, dass sie wieder nach Hause zurückkomme. Am selben Tag lag auch im Briefkasten der Polizeiwache ein Schreiben. „Ich bin keine Vermisste“, stand auf einem Blatt Papier. Auch Margarethes Schwester erhielt einen Brief, mit der Bitte, dass die Frau ihren Schwager besänftigen und dafür sorgen solle, dass Alfred die Polizei nicht verrückt mache.

Einige Zeit später erreichte den Kürschnermeister erneut ein Brief seiner abgetauchten Ehefrau. Diesmal drohte ihm Margarethe, dass sie gar nicht mehr nach Hause kommen wolle, wenn er weiterhin allen Leuten erzähle, dass sie verschwunden sei. Das letzte Lebenszeichen von seiner Ehefrau erhielt der Pelzhändler im Mai des Jahres 1986, als sie ihm und seiner Schwägerin Urlaubsgrüße von der Insel Teneriffa sendete.

Sie können sich bestimmt vorstellen, dass Herrn Schneider das Verschwinden seiner Ehefrau ungemein belastete. Der Mann fand keine Ruhe und suchte Margarethe von der Heimatstadt des Paares bis nach Teneriffa. Vergeblich. Sechs Monate nach Margarethes Verschwinden erstattete Herr Schneider eine Vermisstenanzeige bei der Polizei. Doch als die Beamten von den Briefen der angeblich vermissten Ehefrau hörten, rollten sie nur vielsagend mit den Augen.

Nach und nach wandten sich viele Berufskollegen von Alfred Schneider ab. Gerüchte machten die Runde, dass der Pelzhändler beim Verschwinden seiner Ehefrau nachgeholfen hätte. Erfolglos mühte sich Herr Schneider, das Gerede der Leute zu entkräften.

Der einstige Innungsvorsitzende und beliebte Geschäftsmann wurde immer einsamer. Das einst gut gehende Pelzgeschäft gab Herr Schneider auf. Seine Gesundheit streikte, er wurde herzkrank und musste sich deshalb in einem Krankenhaus behandeln lassen. Als er auf dem Flur der Klinik erneut eine Herzattacke erlitt, kam zufällig die Krankenhausangestellte Karin Meyer dazu und rettete ihm das Leben. Sie war es, die dem Mann neuen Mut gab und ihm half, über sein Schicksal hinwegzukommen.

Während Erika sich Alfred Schneiders Lebensgeschichte anhörte, analysierte ein Stimmensachverständiger des Bundeskriminalamtes die Aufnahme des letzten Telefongespräches zwischen dem Kürschnermeister und der unbekannten Anruferin. Der Experte kam zu dem Ergebnis, dass auf der Aufnahme eine weibliche Stimme zu hören war, die er einer etwa 50-jährigen Raucherin zuordnete. Die ermittelnden Beamten legten Herrn Schneider daraufhin Fotos möglicher Verdächtiger vor. Auf den Bildern waren Frauen aus dem näheren und auch aus dem weiteren Umfeld des Kürschnermeisters zu sehen. Unter den Abgebildeten waren zum Teil auch Nichtraucherinnen und auch wesentlich ältere oder deutlich jüngere Frauen. Doch bei jedem Bild, das Herr Schneider betrachtete, schüttelte er den Kopf.

Zu diesem Zeitpunkt hatte der ältere Herr die geforderte Lösegeldsumme für Karin schon durch seine Bank bereitstellen lassen. Unklar war aber noch immer, wie, wo und wann das Geld dem Entführer übergeben werden sollte. Doch bevor Zeit war, sich weitere Gedanken darüber zu machen, erreichte Erika ein Telefonanruf des Leiters der Verhandlungsgruppe. Er sprach von einer dramatischen Entwicklung in dem Entführungsfall der Karin Meyer – und Sie können mir glauben, mit dieser Wendung hatte wohl niemand gerechnet.

Nur eine Woche, nachdem Karin Meyer verschwunden war, stürmte am späten Abend eine Frau in die Polizeiwache in der Heimatstadt von Alfred Schneider und seiner Lebensgefährtin. Ihr Gesicht war tränenüberströmt, das Haar zerzaust und ihre Kleider verschmutzt. Die diensthabenden Beamten rümpften die Nasen, begleitete die Fremde doch ein unangenehm strenger Körpergeruch. Zunächst glaubten die Polizisten, die Frau sei aus einer psychiatrischen Klinik ausgebüchst. Doch mit ihrer Vermutung lagen die Beamten daneben. Bei der nächtlichen Besucherin in dem erbärmlichen Zustand handelte es sich um die entführte Karin Meyer!

Frau Meyer berichtete den Polizisten von den Demütigungen, welche sie in den vergangenen Tagen über sich hatte ergehen lassen müssen. Doch die Ordnungshüter fanden ihre Erzählung wirr und unglaubwürdig. Während die Kriminalbeamten die Frau vernahmen, machten sie sogar deutlich, dass sie ihrer Geschichte überhaupt keinen Glauben schenkten. Vielleicht hatte sie ihre Entführung nur vorgetäuscht? Oder gar gemeinsame Sache mit dem vermeintlichen Täter gemacht?

Ich konnte gut nachvollziehen, dass die Frau ob dieser ungeheuerlichen Unterstellungen vor Wut zu weinen anfing und sich den Beamten gegenüber das eine oder andere Schimpfwort nicht verkneifen konnte. Das Fazit der Kriminalbeamten fiel dann auch dementsprechend aus: Die spinnt! Noch in derselben Nacht sollte Karin Meyer rechtsmedizinisch untersucht werden. Erika war mittlerweile auch auf der Wache eingetroffen und begleitete Alfred Schneiders Lebensgefährtin zu der medizinischen Begutachtung. Der Experte bestätigte die Aussage der Frau: Es fanden sich keine Hinweise auf körperliche oder sexuelle Misshandlungen.

Erst um 3.00 Uhr morgens fuhr Erika die völlig erschöpfte Frau Meyer nach Hause. Dreißig Minuten saßen die Frauen zusammen im Auto. Wie die meisten Menschen fasste auch Frau Meyer schnell Zutrauen zu meiner Freundin. Vielleicht vertraute sie der Kriminalbeamtin deshalb auch an, was sie in der vergangenen Woche über sich hatte ergehen lassen müssen.

Erika erzählte mir bei einem unserer Treffen, dass sie es ihren Kollegen nicht so richtig hatte verübeln können, dass diese der Schilderung von Frau Meyer mit Skepsis begegnet waren. Aber sie habe sich nicht anmerken lassen, wie verrückt es klang, was ihr Frau Meyer auf der nächtlichen Autofahrt erzählte.

Es war ein gewöhnlicher Freitagmorgen, Karin Meyer fuhr ihren Wagen langsam rückwärts aus der Garage, als plötzlich ein unbekannter Mann die Fahrertür aufriss und ihr eine Pistole in die Flanke drückte. Erst viel später stellte sich heraus, dass es sich nicht um eine Waffe, sondern um einen Elektroschocker handelte. Aber das konnte die Krankenhausangestellte zu diesem Zeitpunkt nicht ahnen. Der Fremde setzte Karin Meyer eine Sonnenbrille mit verklebten Gläsern auf, sodass sie nichts mehr sehen konnte. Er zwang sie, auf den Beifahrersitz zu rutschen, setzte sich hinter das Steuer und fuhr los. Während der gesamten Fahrt drückte er Frau Meyer weiterhin die vermeintliche Pistole in die Rippen – einen Fluchtversuch zu unternehmen, erschien ihr deshalb als viel zu riskant. Die Fahrt habe nicht lange gedauert, erinnerte sich Frau Meyer – auch wenn sie ihr selbst endlos vorgekommen sei. Nachdem der Fremde den Wagen geparkt und sie aus dem Auto herausgezogen hatte, bugsierte er sie in einen Hauseingang und drängte sie dann einige Kellerstufen hinunter. Durch eine enge Luke musste sie in ein winziges Kabuff klettern. Fenster gab es dort keine. Nur eine Deckenlampe spendete etwas Licht. Mit Handschellen kettete der Entführer sein Opfer an das Metallgestänge eines Feldbettes.

Der Täter habe Frau Meyer versprochen, dass sie wieder freikomme, wenn sie tue, was er von ihr verlange. Zunächst forderte er Karin Meyer auf, dass sie bei der Klinikverwaltung anrufen sollte, um sich krank zu melden. Im Anschluss musste sie ihren Sohn aus erster Ehe kontaktieren und ihm von der Entführung und der Lösegeldforderung berichten. Dann zwang der fremde Mann Frau Meyer, Briefe an ihren Lebensgefährten und ihren Sohn zu schreiben. Den Text gab er ihr vor. Sogar Kassetten musste Karin Meyer besprechen, auch hier gab ihr der Entführer genau vor, was sie sagen sollte.

Die Stimmung des Täters war sehr wechselhaft und unberechenbar. Nett und fürsorglich auf der einen, grausam auf der anderen Seite. Mal erzählte er seiner Geisel, dass er in seiner Freizeit gerne tauche, im nächsten Moment hielt er ihr ein

Polaroidfoto von einer nackten Frau, die mit gefesselten Händen an einem Haken von der Decke baumelte, unter die Nase.

Karin Meyer erzählte Erika, dass sie immer versucht habe, sich ihre Angst nicht anmerken zu lassen, denn die habe ihrem Entführer Auftrieb gegeben. Zu sehen, wie sie zitterte und wimmerte – das habe ihm gefallen. Der Täter habe sich regelrecht an ihrer Angst geweidet. Allerdings hatte sich Frau Meyer nicht alles gefallen lassen. So bestand sie darauf, nur aus ungeöffneten Wasserflaschen zu trinken und ausschließlich Obst zu essen. Damit wollte sie sicherstellen, dass der Fremde keine Gelegenheit bekam, ihr Gift oder Betäubungsmittel unterzumischen.

Frau Meyer erzählte meiner Freundin Erika auch, dass der Entführer sie regelmäßig gefesselt habe. Aber die Krankenhausangestellte hatte sich heimlich die Nummern der Handschellen auf ihrem Mieder notiert. Das wiederum war ihr nur möglich gewesen, weil sie einen Kugelschreiber bekommen habe, damit sie Kreuzworträtsel lösen konnte, um sich die Langeweile zu vertreiben.

Karin Meyer berichtete weiter, dass ihr Entführer lauter verrückte Dinge von sich preisgegeben habe. So hatte er behauptet, dass seine Frau in Spanien lebe und für die Mafia arbeite. Frau Meyer staunte nicht schlecht, als der fremde Mann ihr erzählte, dass er an die Macht der Sterne glaube und sich mit Astrologie beschäftige. Die Sterne, seufzte sie, hätten ihr vielleicht sogar das Leben gerettet. Erika stutzte bei der Aussage und fragte ungläubig, wie sie das meine. Karin Meyer antwortete, dass ihr Entführer sich dauernd mit seinem Astrologen beraten habe und dieser ihm wohl zum Ende der Gefangenschaft prophezeit hätte, dass die Sterne nicht gut stünden und der Täter mit Problemen rechnen müsse. Ja, ich weiß, was Sie jetzt denken. Das klingt ziemlich kurios. Das dachte Erika auch. Aber als gewissenhafte Kriminalbeamtin tat sie das einzig Richtige: Sie fertigte für ihre Kollegen ein Gedächtnisprotokoll über das nächtliche Gespräch an.

Auch Alfred Schneider erzählte seine Lebensgefährtin von den abenteuerlichen Begebenheiten und Umständen der Entführung. Als Frau Meyer berichtete, dass der Täter einen Bunker besaß, eigentümliche Geschichten zum Besten gab und gerne tauchen ging, wurde Herr Schneider hellhörig. Der Kürschnermeister kannte jemanden, auf den all das zutraf: Lars Ritter. Der Mann war seinerzeit Geselle bei Schneider gewesen. Anfang der 1970er-Jahre sollte Herr Schneider Lars Ritter die Meisterprüfung abnehmen. Doch das endete in einem Desaster, als Schneider seinen Prüfling beim Schummeln erwischte. Ritter hatte versucht, den Kürschnern ein Prüfungsstück unterzuschieben, das er bereits zuvor fertiggestellt hatte. Sie können sich vorstellen, dass der Prüfling ziemlich sauer auf Alfred Schneider war, weil er ihn auffliegen ließ.

Erika, die bei dem Gespräch zwischen Alfred und Karin dabei war, schlug kurzerhand vor, den Mann im Telefonbuch zu suchen. Tatsächlich wurden sie fündig. Der mittlerweile 43-Jährige lebte gemeinsam mit seiner Frau, einer Steuerberaterin, und seiner zwölf Jahre alten Tochter in einem kleinen Vorort. Erikas Kollegen hatten derweil herausgefunden, dass der letzte Anruf der vermeintlichen Rechtsanwältin aus einer Telefonzelle in einem rund 50 Kilometer entfernten Dorf getätigt wurde - und genau dort besaß Lars Ritter ein Wochenendhaus.

Wenige Tage nach der Freilassung von Karin Meyer positionierten sich eines frühen Morgens Männer in Kampfanzügen vor dem Haus der Familie Ritter, um den ehemaligen Lehrling von Alfred Schneider festzunehmen. Sie können sich bestimmt vorstellen, dass den Polizisten die Kinnlade herunterfiel, als aus dem Garten hinter dem Haus eine piepsige Stimme rief: „Was soll denn der Quatsch?!"

Erika erzählte mir, dass ihre Kollegen zunächst glaubten, dass die Stimme zu einer Frau gehöre, vielleicht sogar zu der ominösen Rechtsanwältin. Aber weit gefehlt: Die Stimme, die Alfred Schneider am Telefon so bekannt vorgekommen war, gehörte niemand Geringerem als Lars Ritter.

Für meine Freundin Erika war der Entführungsfall der Karin Meyer damit vorerst abgeschlossen und sie nahm wieder ihre Arbeit bei der Sonderkommission auf. Ich staunte nicht schlecht, als Erika mir berichtete, dass Karin Meyer selbst dafür gesorgt hatte, dass ihr Entführer überführt werden konnte. Die 53-Jährige hatte die Aufkleber der Äpfel, die Lars Ritter ihr während der Gefangenschaft zu essen gegeben hatte, unbemerkt an die Wand hinter dem Feldbett gepappt. Frau Meyer wollte damit beweisen, dass sie sich in dem drei mal drei Meter kleinen Raum hinter dem Atombunker, der nur durch eine winzige Luke erreicht werden konnte, aufgehalten hatte.

Lars Ritter bestritt hingegen vehement die Entführung der Krankenhausangestellten. Frech behauptete er, sie sei ihm freiwillig in das Verlies gefolgt. Jetzt erfuhren die Beamten auch, warum der Entführer seine Geisel freiließ, bevor er die Lösegeldsumme einstreichen konnte. Seine Ehefrau und seine Tochter waren eine Woche früher als geplant von der Insel Sylt zurückgekehrt. Das dort geplante Fortbildungsseminar war kurzfristig abgesagt worden. Das hatte Ritters Vorhaben verkompliziert – mit Frau und Tochter im Haus und Karin Meyer in dem geheimen Verlies. Als sein Astrologe ihm dann auch noch prophezeite, dass die Sterne schlecht für ihn stünden, sah er sich gezwungen zu handeln.

Während zwei Beamte den Tatverdächtigen vernahmen, durchleuchteten ihre Kollegen den Werdegang des Mannes. Lars

Ritter wurde im März des Jahres 1948 in einem Erholungsort an der Ostsee geboren und durchlief die klassische Schulausbildung, bevor er seine Lehre als Kürschner begann. Nach seiner Gesellenzeit stieg er in das gut gehende Pelzgeschäft seiner Mutter ein. Damit hatte Ritter Kontakt zu Kunden und Kollegen aus gehobenen Kreisen. Zu seinen Freunden zählten ein Bankenfilialleiter, ein Mediziner und ein Kriminalbeamter. Als Ritter Anfang der 1980er-Jahre den Atomschutzbunker in seinem Wohnhaus mit dem geheimen Verlies einweihte – der übrigens in keinem Bauplan verzeichnet war –, erschien sogar der amtierende Bürgermeister.

Lars Ritter hoffte lange, dass er eines Tages das Pelzgeschäft seiner Mutter, samt des erlesenen Kundenstammes, übernehmen würde. Doch die Rechnung hatte er ohne die resolute ältere Dame gemacht. Trude Ritter, die in einer Wohnung oberhalb des Ladens lebte, weigerte sich bis zu ihrem Ableben, ihrem Sohn den Pelzhandel zu übertragen. Täglich musste Lars Ritter seiner Mutter Rapport über den Fortgang der Geschäfte erstatten. Dabei schönte er nicht selten die Zahlen, um nicht den Ärger der betagten Dame auf sich zu ziehen, denn nachdem seine Mutter sich aus dem Pelzhandel zurückgezogen hatte, ging es mit dem Geschäft stetig bergab. Ritter suchte die Schuld dafür allerdings nicht bei sich, sondern machte eine linkspolitische Partei für sein Scheitern verantwortlich, die ganz in der Nähe des Pelzgeschäftes ihre Niederlassung eröffnet hatte. Kurz bevor Lars Ritter seiner Mutter beichten musste, dass ihr geliebter Laden auf den Ruin zusteuerte, löste ein verheerender Brand all seine Probleme. Es gab wohl Indizien, die auf eine Brandstiftung und einen damit einhergehenden Versicherungsbetrug hindeuteten – Beweise dafür gab es jedoch nicht.

Nachdem Ritter wohl oder übel das Geschäft mit den Pelzen aufgeben musste, rutschte er in eine tiefe Depression. Er ließ sich von einem Psychiater behandeln und machte eine Kur. Einige Journalisten schrieben später, dass er sich in dieser Zeit der seelischen Krise im Wasser am wohlsten gefühlt habe und er daher aktives Mitglied in einem Schwimmverein wurde und sich als Bademeister einen kleinen Zuerwerb verdiente. Außerdem war auch das Werkeln an dem Wochenendhaus der Familie ein Hobby des Mannes.

Bei Freunden und Bekannten war Lars Ritter als trinkfeste Stimmungskanone berüchtigt, als die er fantastischsten Geschichten erzählen konnte. Immer einen flotten Spruch auf den Lippen, empfanden ihn manche seiner Mitmenschen aber auch als rabiat und derb. Dennoch waren sich die meisten in seinem Umfeld einig, dass der Mann mit den stahlblauen Augen ein echter Kumpeltyp war. Obwohl der kräftig gebaute Kürschner oft mit fettigen Haaren und abgewetzter Lederjacke herumlief, kam er mit seiner Art bei vielen Frauen gut an. Zwar fanden sie seine zumeist unangebrachten Sprüche und auch Berührungen mehr als unangenehm, aber irgendwie schaffte Lars Ritter es meistens, mit seinem offenen und nahbaren Wesen das Eis zum Schmelzen zu bringen.

Die Ehe der Ritters hingegen soll zu der Zeit schon am seidenen Faden gehangen haben. Man erzählte sich in der Nachbarschaft, dass das Ehepaar nur noch nebeneinander her lebte. Für seine Tochter soll Ritter jedoch ein vorbildlicher Vater gewesen sein, der eine enge Beziehung zu seinem Kind hatte. Ich könnte mir vorstellen, dass für das Mädchen eine Welt zusammenbrach, als sie erfuhr, dass ihr Vater von einem Spezialeinsatzkommando festgenommen worden war.

Anfang 1992, drei Monate nach der Entführung von Karin Meyer, begann für Erika ein neues spannendes Kapitel in ihrer beruflichen Laufbahn. Sie wechselte zur Mordkommission – als erste Frau in unserer Stadt überhaupt. Ich war so stolz auf sie!

Fünf Monate später fand der Prozess gegen Lars Ritter vor dem Landgericht statt und Erika wurde als Zeugin geladen. Das war an sich nichts Besonderes, ein gewöhnlicher Gerichtstermin, bei dem Polizisten, die in einem Fall involviert gewesen waren, hin und wieder aussagen mussten. Auch für Erika war die Vorladung keine große Sache.

Entgegen seiner sonst ungepflegten Erscheinung trug Lars Ritter vor dem Landgericht bei jedem Prozesstag Anzug und Krawatte. Frau Meyer berichtete den Anwesenden detailliert über ihre Entführung, die Gefangenschaft und die Polaroidfotos, auf denen eine nackte, gefesselte Frau zu sehen gewesen war. Auch Erika machte während des Prozesses ihre Zeugenaussage und erzählte dem Gericht bis ins kleinste Detail, was ihr das Entführungsopfer über die Gefangenschaft im Verlies von Lars Ritter berichtet hatte.

Der Angeklagte sprach es nicht aus, aber er deutete an, dass die Krankenhausangestellte freiwillig bei der Sache mitgemacht habe. Zu der geforderten Lösegeldsumme führte Lars Ritter aus, dass er meine zu wissen, dass Alfred Schneider sich die geforderten 300.000 D-Mark unversteuert in die Tasche gesteckt hatte. Die Gefahr, dass sein ehemaliger Vorgesetzter die vermeintliche Entführung seiner Lebensgefährtin bei der Polizei anzeigen könnte, habe Ritter daher als gering eingeschätzt. Immerhin hätte Schneider dann damit rechnen müssen, selbst wegen Steuerhinterziehung belangt zu werden.

Ein anderes Mal behauptete Ritter hingegen, die Mafia habe ihn zur Erpressung des Lösegeldes gezwungen. Während des Prozesses berichtete Ritter dem Gericht auch, wie rührend er sich doch um seine Geisel gekümmert habe. Dass sich die Angaben des Angeklagten zum Teil mit der Aussage von Karin Meyer deckten, blieb bei der Strafkammer nicht ohne Wirkung. Lars Ritter schaffte es, das Gericht davon zu überzeugen, dass er ein wirtschaftlich und psychisch tief gefallener Geschäftsmann war.

Sogar für die Polaroidfotos, die er Karin Meyer während der Gefangenschaft gezeigt hatte, hatte der Angeklagte eine Erklärung: Hierbei handelte es sich angeblich um ganz gewöhnliche, im beiderseitigen Einvernehmen entstandene Sadomaso-Bilder. Freizügig gab Lars Ritter zu Protokoll, dass er auf diese sexuelle Spielart stand.

Während der Verhandlung kam kurz die Sprache auf Alfreds erste Ehefrau. Der Angeklagte hatte Margarethe Schneider gekannt. Dass Ritter bei den Telefonaten mit seinem ehemaligen Chef, als er sich mit verstellter Stimme als Rechtsanwältin ausgab, über das Untertauchen der Frau Bescheid wusste, war somit nicht überraschend. Das Gericht ging davon aus, dass der Angeklagte den Kürschnermeister zermürben wollte. Immerhin wusste Ritter, wie sehr der Mann seine Ehefrau noch immer vermisste. Doch das Verschwinden von Margarethe Schneider war nicht Gegenstand der Verhandlung und somit war das Thema schnell wieder vom Tisch.

Im Mai 1992 wurde Lars Ritter wegen erpresserischen Menschenraubes zu einer Freiheitsstrafe von drei Jahren verurteilt. Das Gericht hielt dem gescheiterten Geschäftsmann zugute, dass er nicht vorbestraft war. Der Richter fügte noch hinzu, dass die Hauptbelastungszeugin Karin Meyer wohl nicht alles gesagt habe, was sie wisse. Erika erzählte mir später, dass Frau Meyer sehr niedergeschlagen war, weil der Richter dem Täter mehr zu glauben schien als ihr. Die Zeit in der Untersuchungshaft wurde dem Verurteilten angerechnet, sodass Ritter hoffen konnte, schon nach einem Jahr Haft auf Bewährung aus dem Gefängnis entlassen zu werden.

Als während des Prozesses das Thema auf die verschwundene Ehefrau von Alfred Schneider kam, schrak die 70-jährige

Prozessbeobachterin Elke Liebwein plötzlich auf und ihre Augen weiteten sich vor Anspannung. Ihre Tochter Annemarie war im Alter von 31 Jahren im Oktober 1989 unter ähnlichen Umständen wie Frau Schneider verschwunden. Es gab keinerlei Anzeichen dafür, dass Annemarie aus ihrem Leben ausbrechen wollte – ganz im Gegenteil. Wie auch bei Herrn Schneider erreichten Elke Liebwein Briefe und Karten ihrer vermissten Tochter, in denen sie unter anderem mitteilte, dass sie einen neuen Mann kennengelernt habe, mit dem sie nun die Welt bereisen wolle. Dementsprechend reagierten auch die Beamten auf dem Polizeipräsidium, als die besorgte Mutter ihre Tochter als vermisst melden wollte. Annemarie sei erwachsen und könne selbst entscheiden, wo und mit wem sie leben wolle, sagten sie Frau Liebwein. Da hätten die Polizisten keinen Handlungsspielraum – auch wenn die Situation für die Mutter unbegreiflich sei, fügten sie hinzu.

Elke Liebwein hatte schon damals das Gefühl gehabt, dass Lars Ritter etwas mit dem Verschwinden ihrer Tochter zu tun haben könnte. Der Kürschner war eng mit dem Ex-Mann von Annemarie befreundet gewesen. Ritter war sogar Trauzeuge auf der Hochzeit ihrer Tochter gewesen. Manchmal gewannen Bekannte den Eindruck, dass der Kürschner mehr von der jungen Frau wollte als nur eine platonische Freundschaft. Doch Annemarie hatte kein romantisches Interesse an Lars Ritter – auch nicht nach der Trennung von ihrem Ehemann. Zum Zeitpunkt ihres Verschwindens stand Annemarie aber nach wie vor in Kontakt mit dem Kürschner.

Auf der Suche nach ihrer Tochter war Elke seinerzeit auch in die Pelzhandlung von Lars Ritter gegangen und hatte ihn gefragt, ob er wisse, wo sich ihre Tochter aufhalten könnte. Lars Ritter antwortete, dass die junge Frau schon wissen würde, was sie tue. Es gäbe keinen Grund zur Sorge. Selbstverständlich würde er seine Augen nach der Abgetauchten offenhalten und Frau Liebwein könne jederzeit zu ihm kommen, wenn sie Hilfe brauche.

Das Gespräch mit Lars Ritter stimmte die Witwe nachdenklich. Die Redeweise und Sprüche des Mannes erinnerten sie an den Stil der Briefe und Karten, die Annemarie ihr zugesandt hatte. Doch als sie die Polizei mit dieser Merkwürdigkeit konfrontierte, erntete sie nur Unglauben. Die Beamten konnten sich nicht vorstellen, dass der unbescholtene Ritter etwas mit dem Verschwinden von Annemarie Busch zu tun haben könnte. Beruhigt hatte die ältere Dame der Besuch auf der Polizeiwache jedoch nicht. Ihr ungutes Bauchgefühl hielt sich hartnäckig.

Als sie dann am Muttertag des Jahres 1992 die Tageszeitung aufschlug und las, dass der Prozess gegen Lars Ritter wegen der Entführung von Karin Meyer vor dem Landgericht anstand, war Frau Liebwein klar, dass sie dort hinmusste. Auf dem Gerichtsflur erblickte Elke Liebwein den angeklagten Geschäftsmann, der sie scheinbar freundlich begrüßte, um ihr dann gehässig zuzurufen, wie es denn Annemarie gehe. „Das müssen Sie ja wohl besser wissen als ich!", hatte sie schlagfertig entgegnet und ihm damit das Grinsen aus dem Gesicht gewischt.

Während einer Verhandlungspause ging die 70-Jährige auf die Zeugin Karin Meyer zu. In der Hand hielt sie ein Foto ihrer vermissten Tochter. Mit bebender Stimme fragte sie: „Ist das die Frau, die Sie auf den Polaroidfotos gesehen haben?" Frau Meyer warf einen Blick auf das Bild und nickte. Das sei sie gewesen, hundertprozentig sicher sei sich Frau Meyer da.

Elke Liebwein nahm all ihren Mut zusammen und sprach auf dem Gerichtsflur Erika an. Wie auf die meisten Menschen machte die Kriminalbeamtin auch auf die verzweifelte Frau einen vertrauenswürdigen und empathischen Eindruck. Elke wollte der Polizistin unbedingt von den Parallelen zwischen dem Verschwinden von Annemarie und der Entführung Karin Meyers erzählen. Erika bat die Frau in einen ruhigen Aufenthaltsraum. Sie hörte Frau Liebwein aufmerksam zu, als diese ihr berichtete, wie drastisch sich ihr Leben im Oktober 1988 verändert hatte – als ihre geliebte Tochter spurlos verschwunden war.

Die 31-jährige Industriekauffrau Annemarie Busch hatte damals ein Haus in einem Vorort unserer Großstadt bewohnt. Am Tag ihres Verschwindens hatte ihre Reinigungskraft einen Zettel mit Anweisungen gefunden, welche Hausarbeiten sie erledigen sollte. Auf der Rückseite der Notiz war aber noch etwas hinzugefügt: „Mir ist sowieso egal, was Sie machen, ich ziehe aus. Alles Gute für Sie persönlich."

Frau Liebwein und Annemaries Lebensgefährte Markus Winter waren ratlos und verwirrt ob der Botschaft. Herr Winter konnte sich nicht erklären, warum seine Freundin Knall auf Fall untergetaucht sein sollte. Es gab zwar Konflikte in der Beziehung – aber nichts, was sich nicht hätte regeln lassen.

Annemarie hatte nach ihrer Scheidung von ihrem ersten Ehemann so bald wie möglich ihren neuen Lebensgefährten heiraten wollen. Markus fühlte sich dafür aber nicht bereit. So richtig konnte ich seine Beweggründe nicht verstehen. Erika ließ mal die Vermutung fallen, dass es etwas mit seinem Kind aus erster Ehe zu tun hatte. Doch dass Markus so bald nicht erneut heiraten wollte, schien kein plausibler Trennungsgrund zu sein. Immerhin hatte das Paar kurz vor dem Verschwinden von Annemarie ein Haus gekauft und eine gemeinsame Zukunft geplant. Zudem stand für die Industriekauffrau ein Kurzurlaub mit ihren Freundinnen im Elsass bevor – darauf hatte sie sich schon sehr gefreut.

Mit Annemarie verschwanden auch einige ihrer Schmuckstücke und auch Bekleidung. Nur Unterwäsche nahm sie keine mit. Merkwürdig fand Elke Liebwein auch, dass ihre Tochter den Rasierapparat ihres Freundes, nicht aber ihren Lady-Shaver mitgenommen hatte. Zudem war ein Badehandtuch unauffindbar, auf dem die Initialen von Markus' Tante eingestickt waren.

Annemarie fand das Badehandtuch immer schrecklich hässlich. Warum sollte sie also ausgerechnet dieses Handtuch mitnehmen? Auch der weiße Golf von Annemarie war unauffindbar.

Kurze Zeit, nachdem die Industriekauffrau untergetaucht war, erhielt Markus ein Fax in seiner Firma. „Lieber Markus, es wird ein Schock für dich sein ... Ich werde dir dein Wochenende verderben", konnte er dort lesen. Er konnte erkennen, dass es sich auf dem Ausdruck um die Handschrift seiner Lebensgefährtin handelte, doch wegen der schlechten Sendequalität konnte er den restlichen Text nicht entziffern.

Zwei Tage später erreichte auch Elke Liebwein ein handschriftlich verfasster Brief von ihrer Tochter. Darin offenbarte die 31-Jährige, dass sie eventuell schon einen Ersatz für Markus gefunden habe. Auffällig fand Frau Liebwein, dass der Brief eine Unmenge an Zeichensetzungs- und Grammatikfehlern enthielt. Seltsam war auch, dass Annemarie die Nummer ihres Personalausweises auf dem Schreiben vermerkt hatte.

Auf dem Bankkonto der Industriekauffrau gab es Bewegungen – und das nicht zu knapp. Immer wieder wurden größere Geldbeträge abgehoben. Innerhalb kürzester Zeit was das Konto mit 16.000 D-Mark überzogen. Selbst von dem Konto, das Annemarie gemeinsam mit Markus hatte, wurden 6000 D-Mark abgehoben.

Zehn Briefe der verschwundenen Frau gingen bei ihrer Mutter und anderen Familienmitgliedern ein. Immer war es das gleiche Muster: Rechtschreib- und Grammatikfehler wohin man schaute und auf den meisten Schreiben hatte Annemarie merkwürdigerweise ihre Personalausweisnummer notiert. Selbst Urlaubskarten verschickte die 31-Jährige. Abgestempelt waren sie in Deutschland, der Schweiz, Chile und Brasilien. Sogar Weihnachtskarten erhielt ihre besorgte Familie. Sie können sich sicher vorstellen, dass solche Nachrichten der Vermissten bei den Angehörigen mit Trauer, aber auch mit der Hoffnung verbunden waren, dass sie vielleicht doch freiwillig gegangen war und es ihr gut ging. Das letzte Lebenszeichen ihrer Tochter erhielt Frau Liebwein im März des Jahres 1989 in Form einer Karte, die in Rio de Janeiro abgestempelt worden war.

Nachdem Erika der verzweifelten Mutter aufmerksam zugehört hatte, versprach sie ihr, sich um die Angelegenheit zu kümmern. Nach dem Gespräch sah sie dringenden Handlungsbedarf. Meine Freundin informierte den Dienststellenleiter der Mordkommission und bat um ihre Freistellung, um in den Fällen der vermissten Frauen Margarethe Schneider und Annemarie Busch ermitteln zu können. Doch ihr Vorgesetzter kam Erikas Bitte nicht nach. Selbstgefällig erinnerte er sie daran, dass sie in der Mordkommission tätig und somit nicht für Vermisstenfälle zuständig sei. Erika erzählte mir von ihrem Einwand, dass ihre Kollegen der Vermisstenstelle die beiden Fälle längst zu den Akten gelegt hätten. Doch auch damit konnte sie ihren Dienststellenleiter nicht umstimmen. Aber Erika ließ sich nicht abhalten. Außerhalb ihrer Arbeitszeiten begann sie, eigene Ermittlungen anzustellen. Manchmal war sie bis tief in die Nacht beschäftigt. Die Recherche zerrte an ihrem Nervenkostüm. Ihr Gesicht wirkte fahl und die Haut unter ihren Augen verfärbte sich aschgrau. Zeit für Familie und Freunde, auch für mich, hatte sie kaum noch. Erika beschaffte sich die Akten über Margarethe Schneider und Annemarie Busch. Seite für Seite studierte sie die Schriftstücke und führte intensive Gespräche mit Alfred Schneider, Karin Meyer und Elke Liebwein. Von ihnen bekam sie auch alle Briefe und Karten, die sie von den Vermissten im Laufe der Zeit erhalten hatten. Als sie die Schreiben analysierte, machte sie eine merkwürdige Entdeckung: Beide verschwundenen Frauen machten in ihren Nachrichten identische Grammatik- und Zeichensetzungsfehler!

Doch damit nicht genug: Während ihrer Recherche arbeitete Erika noch weitere Gemeinsamkeiten zwischen den Vermisstenfällen heraus. Zum Beispiel nahmen beide Frauen einige Haushaltsgegenstände mit, aber keine Unterwäsche. Was jedoch noch viel beunruhigender war: Beide Frauen kannten Lars Ritter!

In der Vermisstenakte von Annemarie Busch stieß Erika auf einen Vermerk ihres Kollegen. Der Notiz war zu entnehmen, dass Annemarie Busch seines Wissens nach ihren Lebensbereich aus freien Stücken verlassen hätte. Sie habe sich entschieden, mit einem neuen Partner zusammenzuleben. Darum sei es seiner Ansicht nach nicht Aufgabe der Polizei, nach ihr zu fahnden. Angefügt war ein Schreiben der vermeintlich vermissten Frau. Wieder war in der Kopfzeile die Personalausweisnummer der 31-Jährigen notiert worden. Es ähnelte dem Schreiben, das auch Margarethe Schneider der Polizei seinerzeit hatte zukommen lassen: „Hiermit möchte ich klarstellen, dass ich, Annemarie Busch, keine Vermisste bin", stand dort. Der weitere Brief las sich so, als würde Annemarie den Kriminalbeamten Anton Saalbach, der auch den Vermerk gemacht hatte, persönlich kennen. Sie schrieb, dass sie ihren Bruder gebeten habe, auf die Mutter aufzupassen, aber anscheinend könne er die Frau auf der Suche nach ihrer Tochter auch nicht stoppen. Doch Annemarie wolle endlich eigene Entscheidungen treffen – denn das sei ihr nach dem Tod ihres Vaters nicht mehr möglich. Seitdem sei sie das Ein und Alles ihrer Mutter. Sie bat Anton Saalbach um Hilfe, denn sonst sei ihre neue Beziehung in Gefahr. Der Kriminalbeamte hatte daraufhin den Eintrag in der Akte gemacht und damit eine weitere Suche nach Annemarie Busch unterbunden.

Bereits während ihrer Gespräche mit Frau Liebwein hatte Erika von Anton Saalbach gehört. Der Polizist kannte Lars Ritter aus dem Schwimmverein und war auch mit Annemarie Busch befreundet gewesen. Saalbach gab Frau Liebwein damals auch den Rat, sich damit abzufinden, dass ihre Tochter freiwillig gegangen sei und dass die Polizei nicht weiterhelfen könne. Allerdings gab der Kriminalbeamte der besorgten Mutter diesen Rat nicht nur wegen der Briefe und Karten ihrer Tochter. Er hatte auch ein Gespräch mit Lars Ritter geführt, der ihn eigens dafür zu einer Flasche Bier zu sich nach Hause eingeladen hatte. Dabei hatte Ritter seinem Kumpel Saalbach erzählt, dass er Annemarie getroffen habe und diese ihm gesagt hätte, dass sie von ihrer Familie in Ruhe gelassen werden wolle.

Unbestreitbar handelte es sich auf den Briefen und Karten um die Handschriften der beiden unauffindbaren Frauen – das hatte Erika schnell herausgefunden. Doch sie zweifelte immer mehr daran, dass die Texte auch tatsächlich von den Vermissten stammten. Deshalb gab sie die gesammelten Unterlagen und Vergleichsproben an einen Schriftsachverständigen des Landeskriminalamtes. Der Experte bestätigte die Vermutung von Erika. Die Handschriften gehörten eindeutig zu Annemarie Busch und Margarethe Schneider – Stil und Satzbau jedoch nicht. Er riet Erika, die Schriftstücke einem renommierten Sprachwissenschaftler zukommen zu lassen. Gesagt, getan. Doch die Auswertung zog sich hin.

Im August 1992 hatte Erika ihre aufwendigen Rechercheergebnisse auf 400 Seiten zusammengefasst. Sie nahm all ihren Mut zusammen und informierte die Staatsanwaltschaft über ihre Entdeckungen. Die engagierte Kriminalbeamtin wollte einen Durchsuchungsbeschluss für die Grundstücke von Lars Ritter erwirken. Es dauerte nur zwei Tage, bis das Landgericht den Antrag der Strafverfolgungsbehörde bewilligte und das benötigte Dokument ausstellte. Ich habe mich so für Erika gefreut, als sie mir erschöpft, aber überglücklich von dem Erfolg ihrer monatelangen privaten Ermittlungen erzählte. Endlich bekam sie nun auch die dringend benötigte Unterstützung von ihren Kollegen der Mordkommission, die sie bis dahin nur müde belächelt hatten.

Mitte September 1992 war es dann endlich so weit. Fahnder der Polizei begannen zeitgleich, das Ferienhaus und das Wohnhaus von Lars Ritter zu durchsuchen. Auch der Haftraum des Kürschners, der noch immer seine Gefängnisstrafe wegen der Entführung von Karin Meyers absaß, wurde auf den Kopf gestellt. In den Häusern wurden die Beamten fündig: Die Fahnder entdeckten diverse Wertgegenstände, die weder Lars Ritter noch seiner Frau gehörten. Ein zuvorkommender Anwohner in dem Dorf, wo die Ritters ihr Wochenendhaus hatten, machte die Beamten darauf aufmerksam, dass der Kürschner einige Straßen weiter eine Garage angemietet hatte. Hier entdeckten die Kriminalbeamten unter all dem Gerümpel auch Schmuckstücke, die später von den Angehörigen von Margarethe Schneider und Annemarie Busch als deren Eigentum identifiziert werden konnten. Die Beamten stellten auch einige Notizen sicher, die auf Schließfächer hindeuteten, welche der Kürschner angemietet hatte. In den Depots fanden sich ebenso Schmuck- und Wertgegenstände, die ebenfalls den beiden Vermissten zugeordnet werden konnten. Manche der Dinge schienen aber auch anderen Frauen zu gehören.

Eine weitere Überraschung erlebten die Ermittler, als sie im Lager einer Spedition auf zahlreiche Haushaltsgegenstände stießen, die Lars Ritter während eines Hafturlaubes zusammengetragen hatte. Einige der Sachen davon gehörten den beiden vermissten Frauen. Später stellte sich heraus, dass der Kürschner plante, die Gegenstände nach Costa Rica verschiffen zu lassen. Offensichtlich wollte er in Mittelamerika ein neues Leben beginnen. Das dafür benötigte Ticket hatte er bereits gebucht. Eine Woche darauf stand sein nächster Hafturlaub an – dann wollte er flüchten. Doch dazu kam es, Gott sei Dank, nicht.

Während ihre Kollegen die Durchsuchungen durchführten, machten sich zwei Kriminalbeamte auf den Weg zu Lars Ritter in die Haftanstalt. Zu ihrer Verblüffung wurden die beiden Männer hier schon von dem Kürschner mit den Worten erwartet: „Kommt ihr von der Vermisstenstelle oder der Mordkommission?" Offiziell hätte Ritter von dem Besuch der Ermittler natürlich nichts wissen dürfen. Doch der Häftling leistete den JVA-Beamten diverse Hilfsdienste: Er wischte die Flure, teilte Essen aus und sortierte die Post. Lars Ritter hatte so verschiedene nützliche Kontakte knüpfen können.

Neun Stunden lang vernahmen ihn die Beamten und er gab bereitwillig Auskunft. Für alles hatte der Mann Erklärungen, die teilweise aber doch recht abenteuerlich anmuteten. Von den Kriminalbeamten ließ er sich auf jeden Fall nicht aus dem Konzept bringen.

Während der Vernehmung von Lars Ritter wurden die beiden Beamten von ihren Kollegen über die Durchsuchungen der Grundstücke des Mannes auf dem Laufenden gehalten. So konnten sie Ritter direkt mit den Funden konfrontieren. Zum Beispiel, warum er in seinem Wochenendhaus Salzsäurefässer lagerte. Der Kürschner nahm den Kriminalbeamten allerdings direkt den Wind aus den Segeln. Er habe die Klinkermauer des Hauses reinigen wollen und Salzsäure sei gut dafür geeignet, weil sie die Kalkablagerungen zuverlässig auflöse. Das Zeug bekäme man in jedem Baumarkt, schob er hinterher.

Erika erzählte mir später, dass einer ihrer Kollegen sagte, die Vernehmung von Lars Ritter sei eines der schrägsten Erlebnisse seiner Berufslaufbahn gewesen. Der Tatverdächtige habe alle Vorwürfe abgestritten und dabei so wahnsinnig viel geredet, dass man gar nicht hinterhergekommen sei. Für alles habe Ritter pseudoplausible Erklärungen parat gehabt – dank seiner ausgeprägten Fantasie. Ritters extremer Glaube an die Astrologie verlieh der Vernehmung einen weiteren surrealen Touch. Doch als einer der Kriminalbeamten sein Gegenüber damit konfrontierte, dass die Fahnder im Partykeller seines Wochenendhauses die Stereoanlage von Annemarie Busch gefunden hatten, geriet er aus der Fassung. Lars Ritter bekam einen Asthmaanfall. Er hustete, röchelte und rang nach Luft. Erst einige Sprühstöße seines Inhaliersprays ermöglichten es dem Mann, seinen Körper wieder unter Kontrolle zu bekommen.

Ritter stritt aber weiterhin ab, etwas mit dem Verschwinden der beiden Frauen zu tun zu haben, doch für Erikas Kollegen hatte ihn seine Körperreaktion entlarvt. Eine Sonderkommission wurde gebildet. Die SOKO-Mitglieder fanden dann auch schnell heraus, wo der weiße Golf von Annemarie Busch geblieben war. Sie hatten die Fahrzeugdaten ermittelt und sich vom Kraftfahrtbundesamt die Namen der letzten Besitzer geben lassen. Kauf für Kauf hatten die Ermittler zurückverfolgt, bis sie auf einen Mann gestoßen waren, der Interessantes zu berichten hatte. Er hatte den Golf von einem Kürschner erworben. Unter mehreren Porträtaufnahmen identifizierte der Mann im Bruchteil einer Sekunde Lars Ritter.

Nachdem dann auch noch Schecks aufgetaucht waren, die Annemarie nach ihrem Verschwinden unterschrieben haben sollte, schnappte die Falle zu. Die Staatsanwaltschaft erwirkte im September 1992 einen neuen Haftbefehl gegen Lars Ritter, der jetzt des Mordes an Annemarie Busch verdächtigt wurde. Ein Vorgehen, das in der Kriminalgeschichte nicht allzu häufig vorkam, denn zu diesem Zeitpunkt hatten Erika und ihre Kollegen noch keine Leiche gefunden, die ihre Vermutung, dass Frau Busch nicht mehr lebte, untermauert hätte. Deshalb lief die Arbeit der SOKO weiterhin auf Hochtouren. Die Beamten entdeckten immer mehr Schließfächer von Ritter. Darin Unmengen von Schmuck, Krugerrand-Goldmünzen, Tonbandkassetten – und sogar Zahngold. Als Erika mir das erzählte, schüttelte es mich. Die Ermittler fanden außerdem ein Schmuckstück mit der Gravur „A. S.“ – es war der Ehering von Margarethe Schneider.

Eine weitere Entdeckung zog die Schlinge um Ritters Hals noch enger. Die Kriminalbeamten stießen auf ein Konto, das von einem Freund für den Kürschner eröffnet worden war. Der Kontostand betrug 20.000 D-Mark. Die Ermittler nahmen an, dass es sich dabei um das Geld handelte, das Alfred Schneider hinter seinem Spiegelschrank versteckt hatte und das seinerzeit mit seiner Ehefrau verschwunden war.

Der beunruhigendste Fund dürften aber wohl die Tonbandkassetten gewesen sein, auf denen die immer schwächer klingende Stimme von Annemarie Busch zu hören war, die von ihren Folterqualen berichtete. Manche der Passagen ließen die Ermittler vermuten, dass Lars Ritter die Frau zu den Tonbandaufzeichnungen gezwungen hatte.

In der Zwischenzeit hatte auch der renommierte Sprachwissenschaftler seine Analyse abgeschlossen. Er machte die Beamten auf verschlüsselte Botschaften in den Briefen von Annemarie Busch aufmerksam. In einem der Schreiben an ihre Mutter schrieb sie zum Beispiel: „*Gesund**h**e**i**t**l**ich **f**ür dich alles Gute.*" Einige Buchstaben hatte die junge Frau nachgezogen. Sie ergaben das Wort *HILF*.

Zudem konnten Spurenexperten des LKA auf einem der Briefe von Annemarie Fingerabdrücke von Lars Ritter sichern. Nun bestand kein Zweifel mehr: Der Kürschner hatte die entführten Frauen gezwungen, seine vorgefertigten Textbotschaften abzuschreiben. Seine Opfer übernahmen dabei auch bewusst alle Rechtschreibfehler – wahrscheinlich in der Hoffnung, dass ihren Angehörigen diese seltsamen Nachrichten zu denken geben würden.

Doch wie war es möglich gewesen, dass die Karten und Briefe von überall aus der Welt verschickt worden waren? Erika erzählte mir, dass sie und ihre Kollegen herausfanden, dass Lars Ritter die von den Frauen abgeschriebenen Texte Freunden und Bekannten auf ihre Urlaubsreisen mitgegeben hatte mit der Bitte, diese von ihrem Reiseziel aus abzuschicken. Er sammle Briefmarken und es sei ihm wichtig, dass diese auch in den Ländern abgestempelt würden, aus denen sie stammten. Ich fragte Erika, ob sie glaubte, dass Ritters Bekannte wirklich nichts ahnten oder ob es vielleicht doch Mitwisser unter all den Helfern gab. Immerhin waren die Briefe ja nicht an Ritter selbst, sondern an die Angehörigen seiner Opfer adressiert gewesen. Aber Erika zuckte nur resigniert mit den Schultern. Die Frage, ob es ein Helferumfeld gab, konnten sie und ihre Kollegen auch im Laufe der weiteren Ermittlungen nicht klären.

In einem aber war meine Freundin sich sicher: Die beiden vermissten Frauen waren tot und es galt nun, ihre Leichen zu finden. Deshalb vernahmen die Kriminalbeamten Lars Ritter erneut. Dabei kündigten sie ihm an, dass sie vorhätten, seine Grundstücke mit Leichenspürhunden abzusuchen. Aber das ließ den Beschuldigten kalt. „Ich vergrabe doch keine Leichen in meinem Garten“, entgegnete er feixend.

Die Hunde nahmen auf beiden Anwesen des Kürschners Leichengeruch wahr. Doch es gab keine weiteren Anzeichen oder Hinweise, dass dort Leichname verscharrt waren. Dass die Hunde anschlugen, auch dafür hatte der Verdächtige eine Erklärung parat: Die Tiere hätten sicherlich die Pelze gerochen. Wahrscheinlich habe seine Frau die Kühlung ausgestellt und nun würden die ungegerbten Felle zu stinken beginnen.

Einer der Kriminalbeamten sprach derweil – mehr zufällig – mit einem weiteren Bewohner des Dorfes, in dem die Ritters ihr Wochenendhaus besaßen. Der Mann erzählte ihm, dass er den Kürschner eines Tages dabei beobachtet hatte, wie er in seinem Garten ein tiefes Loch gegraben hatte. So tief, dass er seinen Nachbarn kaum noch habe sehen können. Auf die Frage, was er denn dort mache, habe Lars Ritter geantwortet, dass er einen Komposthaufen anlegen wolle. Daraufhin dauerte es nicht lange, bis Beamte in grünen Schutzanzügen begannen, an der angegebenen Stelle den Erdboden auszuheben. Zunächst stießen sie auf ein leeres, säurefestes 200-Liter-Fass und fünf Kanister mit 30-prozentiger Salzsäure. Die Beamten gruben weiter, bis sie zu einer Betonschicht gelangten, die mit einer Metallplatte verstärkt war. Daraufhin wurde ein Bergungstrupp der Bereitschaftspolizei herbeordert. Mit Presslufthämmern brachen sie die Betonschicht auf. Darunter kam ein schwarzer Kunststoffdeckel mit gelber Gummidichtung zum Vorschein, der ein weiteres 200-Liter-Fass abdeckte. Ein übler, fauliger Geruch stieg empor, als die Polizisten vorsichtig den Deckel abnahmen. In dem Behälter befand sich eine stinkende bräunliche Brühe, in der undefinierbare Körperteile und Gegenstände schwammen.

Noch am selben Tag wurde das Fass zur weiteren Untersuchung in ein rechtsmedizinisches Institut gebracht. Die Obduzenten mussten sich mit ihrer Begutachtung beeilen, denn durch den Einfluss des Luftsauerstoffes verwandelte sich der Inhalt des Fasses in einen zähflüssigen Brei. Dennoch gelang den Experten der Nachweis, dass es sich bei dem Inhalt der Tonne zweifelsfrei um die sterblichen Überreste von Annemarie Busch handelte. Kriminalbeamte der SOKO konfrontierten Lars Ritter mit dem Leichenfund auf dem Grundstück seines Wochenendhauses. Doch der Kürschner stritt jegliche Schuld am Tod der 31-Jährigen ab. Die Beamten ließen sich davon nicht beeindrucken. Sie waren sicher, dass der Kürschner auch Margarethe Schneider auf dem Gewissen hatte, und wollten unbedingt auch ihre Leiche finden. Deshalb übten sie Druck auf den Mörder aus. Wenn er ihnen nicht sage, wo sie die Überreste von Margarethe Schneider fänden, würden sie Stein für Stein seines Wochenendhauses abtragen, bis sie fündig würden. Tatsächlich zeigte die Drohung Wirkung und Lars Ritter verriet den SOKO-Mitgliedern, wo sie suchen mussten.

Anfang Dezember 1992 legten Beamten ein weiteres Säurefass frei, das ebenfalls eine undefinierbare Masse enthielt. Ritter hatte das Säurefass im Garten des Wohnhauses der Familie unter einer 80 Zentimeter dicken Betonschicht verschwinden lassen. Auch dieses Fass wurde umgehend in ein rechtsmedizinisches Institut gebracht. Trotz der schwierigen Umstände gelang es den Experten, die Identität der zweiten Leiche im Säurefass zu klären. Zweifelsfrei handelte es sich bei dem Inhalt um die sterblichen Überreste von Margarethe Schneider.

Sie können sich bestimmt vorstellen, dass sich die Presse auf diesen außergewöhnlichen Fall stürzte wie Geier auf Aas. „Er mordete nur, wenn seine Frau im Urlaub war!“, „Wie viele Leichen hat er im Keller?“ und „Sex und Salzsäure!“ waren nur einige der Schlagzeilen, die bundesweit auf den Titelblättern der Zeitungen prangten.

Im Januar 1995 begann vor dem Landgericht der Prozess gegen Lars Ritter. Erika verfolgte den Prozess gegen den Kürschner. Sooft es ihr möglich war, setzte sie sich in den Gerichtssaal. Im Anschluss kam sie häufig auf eine Tasse Kaffee zu mir ins Büro der Polizeischule, um mir von den neusten Entwicklungen zu berichten. Dieser Fall war spannender als jeder Krimi, den ich bis dahin gelesen hatte, und ich konnte es immer kaum erwarten, bis ich ihre Silhouette durch die Milchglasscheibe des Sekretariatszimmers sah. Auch während der Verhandlung gab der Angeklagte die abenteuerlichsten Geschichten zum Besten. Der Richter fasste das Verhalten von Lars Ritter in seiner Urteilsbegründung später ganz treffend mit dem Satz zusammen: „Erklärt haben Sie viel, aufgeklärt nichts.“ Am Ende des Tages hatte der Angeklagte durch seine Einlassung mehr zu seiner Verurteilung beigetragen, als jeder Zeuge es hätte tun können.

Auch der Kriminalbeamte Anton Saalbach war einer der fast 200 Zeugen, Gutachter und Sachverständigen, die während des Prozesses aussagten. Derweil wusste man, dass Annemarie Busch mit sehr hoher Wahrscheinlichkeit noch gelebt hatte, als Saalbach sich von Lars Ritter in dessen Wohnung über dem Folterkeller überzeugen ließ, dass die junge Frau freiwillig abgetaucht war. Im Zeugenstand sagte der Kriminalbeamte zwar aus, dass ihm die Erzählungen Ritters „ziemlich komisch und obermerkwürdig" vorgekommen seien, doch Erika und ihre Kollegen wussten, dass der Mann maßgeblich dazu beigetragen hatte, dass nach dem Verschwinden von Annemarie nicht weiter nachgeforscht worden war. Ein psychiatrischer Gutachter attestierte dem Angeklagten Ritter eine „schwere seelische Abartigkeit". Die Steuerungsfähigkeit des Mannes hingegen wäre nicht eingeschränkt.

Nach 93 Verhandlungstagen erging im Mai 1996 das Urteil gegen Lars Ritter. Der Richter verurteilte den Mann zu einer lebenslangen Haftstrafe mit anschließender Sicherungsverwahrung – das höchstmögliche Strafmaß in Deutschland.

Noch einmal überkam mich ein eiskalter Schauer, als Erika mir mit ernster Miene sagte, dass es ihr und ihren Kollegen nicht gelungen wäre, eine Vielzahl der Wertgegenstände, die in Ritters Schließfächern gefunden worden waren, ihren ursprünglichen Besitzerinnen zuzuordnen.

Übrigens erhielt Erika einige Tage nach Prozessbeginn mehrere Kartons von der Staatsanwaltschaft. Darin waren die Akten von drei getöteten Frauen, deren Mörder noch unbekannt war. Die Strafverfolgungsbehörde bat Erika zu überprüfen, ob Lars Ritter auch etwas mit dem Tod dieser Frauen zu tun haben könnte. Doch als ihr Dienststellenleiter die Kartons sah, befahl er seiner

Mitarbeiterin, sich dem Tagesgeschäft zu widmen. Immerhin hätte die Mordkommission genug mit aktuelleren Fällen zu tun.

Für Erika war das ein Schlag ins Gesicht. Immerhin war es nur ihrer Hartnäckigkeit zu verdanken gewesen, dass die Morde an Margarethe Schneider und Annemarie Busch überhaupt erst als solche erkannt worden waren. Erst später konnte Lars Ritter durch eine DNA-Spur als Mörder in zumindest einem der ungeklärten Fälle ausgeschlossen werden. Um die beiden anderen ungelösten Morde kümmert sich seit 2020 eine Einheit für Altfälle. Doch das Zahngold und die Schmuckstücke aus den Bankschließfächern von Lars Ritter konnten bis heute niemandem zugeordnet werden.

An jenem Tag, als der Dienststellenleiter meiner Freundin weitere Ermittlungen im Fall von Lars Ritter untersagte, erhielt Erika einen Anruf. Am anderen Ende der Leitung meldete sich der Chef einer anderen Dienststelle und bot Erika ein neues Aufgabengebiet an. Sie zögerte nicht lange und bat schon am nächsten Morgen um ihre Versetzung. Zwei Wochen später war es dann so weit: Erika wechselte in das Dezernat für interne Ermittlungen, das disziplinarisch gegen Kollegen, die sich Fehltritte erlaubt hatten, ermittelte.

Die Fälle der beiden ermordeten Frauen waren für sie ihre ersten und letzten Fälle bei der Mordkommission. Haben ich Ihnen schon gesagt, wie stolz ich auf meine Freundin bin? Nur Erikas Beharrlichkeit war es zu verdanken, dass das Verschwinden von Margarethe Schneider und Annemarie Busch geklärt und ihr Mörder zur Rechenschaft gezogen werden konnte.

Zehn Jahre, nachdem Alfred Schneiders erste Ehefrau verschwunden war, heiratete er 1996 seine Lebensgefährtin Karin Meyer. Ihre Trauzeugin war niemand Geringerer als Erika. Doch nur ein Jahr später verstarb Herr Schneider. Es kamen zahlreiche Trauergäste, um ihn auf seinem letzten Weg zu begleiten. Unter ihnen waren auch viele Kürschner, die dem Verstorbenen zu Ehren Pelzmäntel trugen. Die meisten von ihnen verspürten Scham, hatten sie sich doch seinerzeit von Herrn Schneider abgewandt, weil das Gerücht die Runde gemacht hatte, er selbst habe seine erste Ehefrau verschwinden lassen. Letztlich aber war es Lars Ritter höchstpersönlich gewesen, der diese Unwahrheit in Umlauf gebracht und immer weiter befeuert hatte.

Bis zu ihrer Pensionierung im Jahre 2006 blieb Erika im Dezernat für interne Ermittlungen. Wir sprachen noch oft über den Kürschner mit dem Folterkeller. Bestimmt hätte Erika Ihnen gerne selbst von dem Fall ihres Lebens berichtet. Doch leider verstarb meine gute Freundin 2018 nach langer, schwerer Krankheit im Alter von 72 Jahren. Ich vermisse sie sehr und freue mich auf den Tag, an dem wir uns wiedersehen werden. Da glaube ich ganz fest dran.

Lars Ritter hingegen schmort noch immer in seiner kargen Gefängniszelle. Er müsste mittlerweile Mitte siebzig sein. Bis heute behauptet er, dass Margarethe Schneider und Annemarie Busch durch Unfälle ums Leben gekommen seien und er lediglich ihre Leichen entsorgt habe. Nach allem, was Erika mir über den Mann berichtete, könnte ich mir vorstellen, dass er seine bizarren Geschichten so oft erzählte, bis er sie selbst glaubte.

SELBSTJUSTIZ

DR. SCHNITTER
49 JAHRE
BAYERN

PSYCHIATER, DER DIE PRAXISRÄUME EINES KOLLEGEN ÜBERNOMMEN HAT

Bevor ich mich an jenem Oktobertag 2009 in meiner Praxis an den Schreibtisch setzen und mich der eingetrudelten Post widmen konnte, stürzte Anna in mein Zimmer – ohne zu klopfen. Die Arzthelferin wusste, wie viel Wert ich darauf legte, dass man anklopfte, bevor man in einen Raum trat. „Anna, haben Sie vielleicht etwas vergessen?", fragte ich sie mit einer Stimmlage, die keinen Zweifel daran ließ, dass mich ihre Angewohnheit nervte. Anna blinzelte verwirrt, bevor sie meine Frage mit einer Handbewegung wegwischte. Mit hochrotem Kopf plapperte sie drauflos: „Haben Sie schon gehört, was Schreckliches passiert ist? Also, erst dachte ich ja noch: Der arme Dr. Lipper! Aber nach dem, was ich über ihn in der Zeitung gelesen habe ..." Sie schüttelte ungläubig den Kopf. Meine zusammengekniffenen Augen verrieten, dass ich keinerlei Ahnung hatte, wovon Anna sprach.

Meine psychiatrische Praxis befand sich in den Räumlichkeiten, in denen einige Jahre zuvor noch Dr. Lipper als Internist praktiziert hatte. Als er gezwungenermaßen in den Ruhestand ging, übernahm ich nicht nur den Mietvertrag, sondern auch seine Arzthelferin Anna. Die alleinerziehende Mutter tat mir leid und außerdem brauchte ich Personal.

Dr. Lipper hatte über Jahre, trotz fehlender Zulassung als Vertragsarzt, mehrere 100.000 Euro Vergütung abgerechnet. Das ist natürlich verboten und deshalb verurteilte ihn das Landgericht im Sommer 2007 zu mehr als zwei Jahren Haft. Ich weiß, dass es Schlupflöcher gibt, um ohne Zulassung mit den Krankenkassen abzurechnen – welches dieser illegalen Hintertürchen Dr. Lipper fand, ist mir nicht bekannt. Eine Zeit lang als Psychiater in einer Klinik angestellt, war ich dankbar für die Chance, mich nun, nachdem der Verurteilte seine Tätigkeit als Arzt an den Nagel hängen musste, in eigenen Praxisräumen niederlassen zu können. Des einen Freud ist des anderen Leid, heißt es doch so treffend.

Das letzte Mal hatte ich von Dr. Lipper gehört, als mir ein befreundeter Kollege erzählte, dass der Mediziner nach einem Jahr wieder auf freiem Fuß war. Vielleicht kam ihm sein Alter bei der vorzeitigen Entlassung zugute – immerhin war er da schon 73 Jahre alt.

„Dr. Lipper wurde entführt!", riss Anna mich aus meinen Gedanken und hielt mir eine Tageszeitung unter die Nase. Mit offenem Mund las ich die fett gedruckte Schlagzeile: „Deutscher Arzt nach Frankreich verschleppt – kann ihm jetzt endlich der Prozess gemacht werden?" Was ich in dem Artikel über meinen Praxisvorgänger erfuhr, lässt mich auch heute noch nicht los. Ich habe ihn als herzlichen und sympathischen Menschen kennengelernt. Niemals hätte ich vermutet, welch tiefer Abgrund sich hinter der Fassade des charmanten Mannes auftat. Erst nachdem ein verzweifelter Vater das Recht in die eigene Hand nahm, begannen die Medien, das düstere Vorleben des Arztes aufzurollen.

Erich Lipper wurde im Mai 1935 geboren. Über seine Kindheit wurde in den Medien nicht viel berichtet. Er muss aber ein guter Schüler gewesen sein. Zumindest lässt das sein herausragendes Abitur vermuten. Im Anschluss studierte der junge

Mann ärztliche Wissenschaft und machte seinen Facharzt für Innere Medizin. Anfang der 1960er-Jahre lernte Lipper seine erste Frau kennen. Renate war erst 18 Jahre alt, als sie schwanger wurde, 1963 heirateten sie und der mittlerweile 28-jährige Lipper. Bald darauf brachte Renate einen Jungen zur Welt.

Der Arzt soll fürchterlich mit seiner Ehefrau umgegangen sein. Schläge und Vergewaltigungen standen an der Tagesordnung. Er soll die junge Mutter sogar mit dem Tode bedroht haben.

Im Alter von 24 Jahren wurde Renate von einer heimtückischen Erkrankung heimgesucht. Erst verlor sie Stimme und Sehkraft, später war ihr Körper beinahe vollständig gelähmt. Ende 1969 starb die junge Frau an einer Hirnblutung. Gerüchte machten die Runde, dass Dr. Lipper ihr nur wenige Stunden zuvor eine Injektion mit Schlangengift verabreicht haben soll. Er selbst notierte im Totenschein, dass seine Ehefrau infolge eines Verschlusses einer Schlagader im Hirnstamm verstarb. Ursache wäre die Antibabypille gewesen sein, die seine Frau in einer zu hohen Dosierung eingenommen habe. Damals ermittelte die Staatsanwaltschaft gegen den Mann wegen des dringenden Verdachtes, dass er seine Frau ermordet hatte. Doch anscheinend gab es nicht genug Indizien, denn es kam nie zu einer Anklage.

Zehn Monate nach Renates Tod heiratete Lipper seine zweite Ehefrau. Doch anscheinend war der Mediziner unzufrieden mit seinem Eheleben – zahlreiche Affären lassen zumindest den Schluss zu. Die Scheidung ließ nicht lange auf sich warten.

Ich weiß nicht, wie Dr. Lipper Colette kennenlernte. Fakt ist, dass die Frau zu diesem Zeitpunkt mit einem Mann namens Alexei verheiratet war, mit dem sie zwei Kinder hatte. Für den Arzt verließ sie ihre kleine Familie, reichte die Scheidung ein und gab 1977 Dr. Lipper das Jawort. Das Sorgerecht für Sohn Yuri und Tochter Tatiana blieb bei Vater Alexei, der mit seinem Nachwuchs in Frankreich lebte.

Die Sommerferien 1982 verbrachten Yuri und Tatiana bei ihrer Mutter und dem Stiefvater in Deutschland. Eines Abends soll die 14-Jährige über Unwohlsein und darüber geklagt haben, dass trotz ausgiebigen Sonnenbadens ihre Haut nicht braun genug geworden sei. Deshalb habe ihr der Internist ein Eisenpräparat zur Bräunung der Haut gespritzt und ein Medikament, das gegen das flaue Gefühl in der Magengegend helfen sollte, gegeben. Dann habe die Jugendliche sich schlafen gelegt.

Am nächsten Morgen, es war der 10. Juli 1982, will sich Herr Dr. Lipper nach eigener Aussage gewundert haben, dass seine Stieftochter noch immer nicht aus ihrem Zimmer gekommen war. Immerhin war es bereits 10.00 Uhr. Er beschloss, das Mädchen zu wecken, damit es nicht den ganzen Tag verschlief. Nachdem Tatiana nicht auf sein Klopfen reagierte, betrat er den Raum. Die 14-Jährige lag in ihrem Bett. Leblos. Er rüttelte an ihrer Schulter und versuchte, sie zu wecken. Vergeblich. Seine Stieftochter atmet nicht mehr. Ihr Körper war kalt und steif. Dr. Lipper rannte zu seinem Medikamentenschrank, griff sich Pharmazeutika und alle benötigten Utensilien für Injektionen und eilte zurück in Tatianas Zimmer. Dr. Lipper gab später an, dass er dem Mädchen einige Präparate zur Wiederbelebung in Herz und Unterschenkel injizierte. Dann setzte er einen Notruf ab.

Sie fragen sich jetzt bestimmt, wo die Mutter zu der Zeit war. War sie nicht im Haus? Sie musste doch etwas von dem Trubel mitbekommen haben! Aber es tut mir leid, Sie enttäuschen zu müssen: Bei der Berichterstattung über den Tod von Tatiana ist kein Reporter dieser Frage nachgegangen.

Der herbeigerufene Notarzt konnte ebenfalls nur noch den Tod der 14-Jährigen feststellen. Bevor sie obduziert wurde, vergingen 60 Stunden. Während dieser Zeit wurde der Leichnam nicht gekühlt. Die einsetzende Verwesung erschwerte es dem Rechtsmediziner, die Todesursache zu bestimmen. Den Zeitpunkt des Sterbens vermutete er zwischen 3.00 Uhr und 4.00 Uhr. Seltsam erschien mir, dass der Stiefvater nach eigenen Angaben der Toten Medikamente zum Zwecke der Wiederbelebung verabreichte, obwohl sich der Körper der Jugendlichen bereits in der Leichenstarre befunden haben musste.

Ich konnte es kaum fassen, als ich in mehreren Zeitungsartikeln las, dass Dr. Lipper höchstselbst der Obduktion von Tatiana beiwohnte. Das war wohl deshalb möglich, weil er den Rechtsmediziner kannte. Während der Prozedur äußerte Dr. Lipper den Verdacht, dass seine Stieftochter an den Folgen übermäßiger Sonneneinstrahlung am Vortag verstorben war. Doch diese Vermutung teilte der Rechtsmediziner nicht. Auffällig erschien dem Experten, dass Tatiana Verletzungen im Genitalbereich aufwies. Im Inneren ihrer Scheide konnte zudem eine schmierige weißliche Substanz gefunden werden. Es bleibt ein Rätsel, warum der Rechtsmediziner diesen Befunden keine weitere Beachtung schenkte, obgleich er seinen Untersuchungsbefund schriftlich festhielt. Allerdings machte er weder einen Vaginalabstrich, noch ließ er das Blut der Jugendlichen untersuchen, um eine Vergiftung auszuschließen. Die Todesursache, so schrieb der Obduzent, ließe sich nicht mehr feststellen.

Sie können sich vorstellen, dass Vater Alexei sich mit dem Ergebnis nicht zufriedengab. Doch auch durch eine weitere Obduktion konnte die Todesursache nicht geklärt werden. Alexei kontaktierte einen Pharmakologen und bat um die Einschätzung des Experten. Der Mann kam zu dem Schluss, dass Tatiana nicht durch einen Sonnenstich, sondern infolge eines Gemisches verstarb, das ihr Dr. Lipper injiziert hatte. In seiner Stellungnahme schrieb er, dass die intravenöse Verabreichung von Eisen nur indiziert sei, wenn eine vom Labor bestätigte Anämie vorliege und eine orale Unverträglichkeit bestünde. Dem

Bräunungsgrad der Haut könne man mit dem Medikament nicht nachhelfen. Keine große Überraschung, oder? Der Pharmakologe resümierte, dass Dr. Lipper die Regeln der Medizin nicht respektiert und einen Kunstfehler begangen hatte.

Nun stand die Frage im Raum, ob Dr. Lipper durch die Injektionen den Tod seiner Stieftochter verursacht hatte. Die Polizei nahm ihre Ermittlungen auf. Der Internist stritt vehement ab, etwas mit dem plötzlichen Ableben von Tatiana zu tun zu haben.

Nur wenige Wochen, nachdem die 14-Jährige verstorben war, gab die Staatsanwaltschaft bekannt, dass sie die Ermittlungen gegen Dr. Lipper einstellen würde. Dem Arzt könne kein Fehlverhalten nachgewiesen werden. Offiziell handelte es sich bei Tatianas Tod um einen tragischen Unfall. Die Leiche des Mädchens wurde nach Frankreich überstellt und dort beigesetzt. Sie können sicherlich nachempfinden, dass Vater Alexei sich auch nach der Beerdigung seines Kindes nicht damit abfinden konnte, dass niemand für den Tod seiner Tochter verantwortlich sein sollte. Tatiana war ein fröhliches und vor allem sehr gesundes Kind gewesen – es sollte einfach eines Morgens nicht mehr aufgewacht sein? Damit konnte und wollte sich Alexei nicht zufriedengeben.

Im Dezember 1985 erreichte er sein erstes Ziel. Tatianas Leiche wurde für eine zweite Leichenbeschau in Frankreich exhumiert. Dabei machte der Rechtsmediziner eine beunruhigende Entdeckung: Die Genitalien des Mädchens waren unauffindbar. Möglicherweise waren sie bereits verwest, oder, so war auch die Vermutung von Alexei, das Organ war nach der Obduktion in Deutschland unterschlagen worden. So oder so: Die Todesursache konnte der Rechtsmediziner auch nicht mehr feststellen. Das wiederum führte dazu, dass das Oberlandesgericht in Deutschland den Fall der toten Tatiana endgültig zu den Akten legte.

Tatianas Mutter hatte sich inzwischen von Dr. Lipper getrennt und die Scheidung eingereicht. Alexei war der Verzweiflung nahe, bis ihm eine Idee kam: Er würde bei den französischen Behörden Strafanzeige gegen Dr. Lipper machen.

Immerhin waren er und seine Kinder französische Staatsangehörige. Die Staatsanwaltschaft in Frankreich leitete Ermittlungen gegen den Deutschen wegen des Verdachtes der vorsätzlichen Tötung ein und erhob im Sommer 1993 Anklage gegen den Mann. Dr. Lipper erschien, trotz mehrmaliger Aufforderung, zu keinem einzigen Prozesstag. Eine rechtliche Handhabe, den Deutschen vor das französische Gericht zu bringen, hatten die Behörden nicht.

Im März 1995 wurde Dr. Lipper in Abwesenheit wegen Körperverletzung mit Todesfolge zu einer Freiheitsstrafe von 15 Jahren verurteilt. Zudem sollte er mehrere Zehntausend Euro Schadensersatz an Alexei bezahlen. Nachdem das Urteil verkündet worden war, stellte Tatianas Vater erfolgreich einen Antrag, dass der Beschluss gegen Dr. Lipper mit einer Vollstreckungsklausel versehen werden sollte. Dagegen wiederum legte der Internist in Deutschland Beschwerde ein und zog bis vor den Europäischen Gerichtshof. Die dortigen Juristen gaben Dr. Lipper recht und erklärten das Urteil gegen ihn als nicht vollstreckbar. Die Begründung: Der Anspruch des Beklagten auf rechtliches Gehör sei verletzt worden. Dabei hatten die französischen Behörden den Arzt mehrmals aufgefordert, zu dem Prozess zu erscheinen.

In den Jahren des juristischen Tauziehens nach der Urteilsverkündung braute sich ein weiterer Sturm über Dr. Lipper zusammen. Im März 1997 wurde er vor ein deutsches Gericht gebracht – diesmal jedoch nicht wegen des mysteriösen Todes von Tatiana. Die neuen Vorwürfe waren aber nicht weniger schockierend: Der Arzt gab zu, eine 16-jährige Jugendliche unter Narkose vergewaltigt zu haben. Mit einem süffisanten Grinsen auf den Lippen sagte er in eine Fernsehkamera: „Sie hat nicht Ja gesagt. Aber sie hat auch nicht Nein gesagt. Wer schweigt, scheint zuzustimmen, hat man im alten Rom gesagt."

Den Richter konnte Dr. Lipper mit dieser – entschuldigen Sie – dummen Aussage nicht von seiner Unschuld überzeugen. Er verurteilte den Angeklagten zu zwei Jahren Haft auf Bewährung. Seine Zulassung als Arzt musste Dr. Lipper an den Nagel hängen – was ihn allerdings nicht davon abhielt, weiter zu praktizieren. Erst als ihm die Behörden auf die Schliche kamen, wurde seinem ärztlichen Praktizieren ohne Genehmigung ein Ende gesetzt und ich übernahm seine Praxisräume.

Es war im Jahr 2009, als Alexeis Unruhe und Besorgnis immer mehr zunahmen. Nachdem das Urteil gegen Dr. Lipper aufgehoben worden war, fürchtete er, dass der Mann ungeschoren davonkommen könnte. Die Tat drohte zu verjähren und Alexei hatte über mehrere Ecken gehört, dass der Internist vorhabe, sich nach Westafrika abzusetzen. Damit würde er sich dem Zugriff der europäischen Strafvollzugsbehörden endgültig entziehen.

Für den Vater der toten Tatiana muss das ein kaum zu ertragender Gedanke gewesen sein. Er musste handeln. Die Zeit lief ihm davon und damit auch die Chance, seiner geliebten Tochter Gerechtigkeit widerfahren zu lassen. Alexei schmiedete einen Plan. In der Nacht vom 17. auf den 18. Oktober 2009 wurde Dr. Lipper in seinem Haus überfallen. Die Täter verschleppten den 74-Jährigen, verschnürt wie ein Paket, nach Frankreich. Dort angekommen, luden sie den verletzten Mann vor dem Justizgebäude ab und alarmierten die Polizei. Als die Beamten herausfanden, wen sie vor sich hatten, verhafteten sie den Deutschen. Am nächsten Tag wurde Dr. Lipper nach Paris überstellt. Das Auswärtige Amt in Berlin zögerte nicht lange und forderte seine Auslieferung nach Deutschland. Doch die Franzosen ließen sich von den Deutschen nicht beeindrucken. Tatiana, so begründeten sie ihren Standpunkt, war eine französische Staatsangehörige gewesen und deshalb sollte Dr. Lipper der Prozess wegen Mordes an der Jugendlichen auch in Frankreich gemacht werden.

Ende des Jahres 2011 fand die Verhandlung gegen den mittlerweile 76-Jährigen vor dem Pariser Schwurgericht statt. Zuvor musste der Prozess immer wieder verschoben werden, weil Dr. Lipper wegen einer Herzerkrankung nicht verhandlungsfähig war. Tatianas Mutter, die zuvor noch immer von der Unschuld ihres Ex-Mannes überzeugt gewesen war, trat nun als Nebenklägerin in dem Prozess auf. Mittlerweile teilte sie die Meinung der Staatsanwaltschaft: Dr. Lipper hatte Tatiana statt eines Eisenpräparates ein Betäubungsmittel gespritzt, um sie sexuell missbrauchen zu können. Die Jugendliche vertrug das Medikament aber nicht und musste erbrechen. Durch das Narkosemittel wurde jedoch ihr natürlicher Würgereflex unterdrückt und die 14-Jährige erstickte an ihrem eigenen Erbrochenen.

Der Vorsitzende Richter verurteilte den Angeklagten wegen Körperverletzung mit Todesfolge zu einer Haftstrafe von 15 Jahren. Dr. Lipper ließ nichts unversucht, um gegen das Urteil in Revision zu gehen, doch seine Beschwerde blieb ungehört. Auch sein Einwand, in seinem Fall handle es sich um eine doppelte Strafverfolgung, ließ der Europäische Gerichtshof für Menschenrechte nicht gelten. Er begründete seine Entscheidung damit, dass die Europäische Menschenrechtskonvention kein internationales Verbot doppelter Strafverfolgung vorsehe, sondern lediglich die Mehrfachverfolgung in ein und demselben Staat untersage.

Während der Haftzeit verschlechterte sich der Gesundheitszustand des Verurteilten zusehends. Anfang 2020 wurde der mittlerweile 84-Jährige aus gesundheitlichen Gründen aus dem Gefängnis entlassen und in ein Pflegeheim nach Deutschland überstellt. Wenige Monate später las meine Angestellte Anna dann in der Zeitung, dass Dr. Lipper im Alter von 85 Jahren verstorben war.

Alexei wurde, nachdem er die Entführung des Internisten in Auftrag gegeben hatte, zu einer einjährigen Bewährungsstrafe verurteilt. Eine Auslieferung des Mannes nach Deutschland lehnten die französischen Behörden ab.

TOD AUF DER PFERDERANCH

TIMO
40 JAHRE
FRANKFURT-RHEIN-MAIN

GERICHTSREPORTER

Als Gerichtsreporter werde ich vor allem aus meinem sozialen Umfeld immer wieder gefragt, welcher der Fälle, die ich verfolgt habe, der spektakulärste gewesen sei. Sie können mir glauben, dass jeder Fall besonders ist und die Umstände einzigartig. Aber ein Prozess-Marathon wird mir wohl für den Rest meines Lebens in Erinnerung bleiben. Und davon möchte ich Ihnen berichten.

Albert Weber lebte mit seinem erwachsenen Sohn Niklas auf einer heruntergekommenen Pferderanch in einem abrissreifen Haus. Früher hatten ihre Vermieter, das Ehepaar Neumann, hier Reitunterricht und Unterstellplätze für Pferde angeboten. Das war aber in besseren Tagen gewesen. Jetzt lebten hier nur noch ein paar Ziegen und die Hunde der Neumanns. Das sanierungsbedürftige Gebäude hatte das Ehepaar unerlaubterweise an die beiden Handwerker untervermietet. Unerlaubterweise deshalb, weil das verwitterte Haus nicht dafür geeignet war, Bewohner zu beherbergen. Stellen Sie sich mal vor, dort gab es nicht einmal fließendes Wasser! Wenn die Webers zur Toilette gingen, mussten sie Wasser aus dem Brunnen holen, um ihr Geschäft in die Kanalisation zu spülen.

Rudolf und Hedwig Neumann, beide zu diesem Zeitpunkt arbeitslos, lebten in der nächsten größeren Stadt in einer kleinen Mietwohnung. Doch finanziell sah es bei den Neumanns nicht nur wegen ihrer Arbeitslosigkeit düster aus: Rudolf Neumann, gelernter Kfz-Mechaniker, hatte sich mit seinem Abschleppunternehmen und durch seine Spielsucht hoch verschuldet. Vielleicht erklären diese Umstände, warum das Ehepaar dem Vater-Sohn-Gespann jeden Monat 900 Euro für die Bruchbude abknüpfte. Geld, das Albert und Niklas Weber kaum aufbringen konnten. Die beiden Handwerker verdienten nicht viel und waren seinerzeit aus ihrer Wohnung geflogen, weil sie mit der Miete im Rückstand gewesen waren. Andernfalls hätten sie sich wohl auch nie auf das Mietverhältnis mit den Neumanns eingelassen. Nicht nur, dass die Miete viel zu hoch war – die Webers mussten auf der Ranch auch diverse Arbeiten verrichten und die Ziegen und Hunde versorgen. Ein Zeuge sagte später, dass es ein bisschen wie modernes Sklaventum gewesen sei, was da auf dem Hof ablief.

Es dauerte nicht lange, bis Albert und Niklas Weber auch bei ihren neuen Vermietern mit der Miete in Rückstand gerieten. Deshalb machte sich das Ehepaar an jenem Junitag 2014 auf den Weg zu ihrer Pferderanch, um die Schulden einzutreiben. Als sie von ihrem Besuch nicht zurückkehrten, meldete ihre Tochter Rudolf und Hedwig bei der Polizei als vermisst.

Vier Tage nach ihrem Verschwinden erreichte mich eine Pressemitteilung, in der die Ermittlungsbehörde offiziell mitteilte, was ich zuvor schon aus Insiderkreisen erfahren hatte. Darin stand, dass Polizei und Staatsanwaltschaft davon ausgingen, dass die Neumanns Opfer eines Verbrechens geworden waren. Von dem Ehepaar fehlte jede Spur, nur das Auto war auf einem Supermarktparkplatz entdeckt worden. Der Pressemitteilung war auch zu entnehmen, dass Albert und Niklas Weber wegen dringenden Tatverdachtes in Untersuchungshaft saßen. Erst später erfuhr ich, dass die Beamten, nach Erstattung der Vermisstenanzeige, zu der Pferderanch gefahren waren und an dem heruntergekommenen Gebäude Blutspuren entdeckt hatten. Forensiker konnten zweifelsfrei nachweisen, dass sie die DNA von Rudolf und Hedwig Neumann enthielten.

Es wurde eine Sonderkommission gebildet, die das Schicksal des Ehepaares klären sollte. Mehrmals durchsuchten Beamte das mehrere Hundert Quadratmeter große Gelände. Sogar Leichenspürhunde kamen zum Einsatz. Und auch ein Fluss, der sich nahe dem Grundstück durch die ländliche Umgebung schlängelte, wurde von Polizeitauchern abgesucht. Aber die Neumanns blieben wie vom Erdboden verschluckt – und die Webers schwiegen wie ein Grab.

Vier Monate vergingen, bis die Tatverdächtigen ihr Schweigen brachen – was oder wer auch immer sie dazu brachte. Vielleicht hielten sie dem Druck auch einfach nicht mehr stand. Die Ermittlungsbehörde hüllte sich in Schweigen, ob sie während der Geständnisse der beiden Männer auch ein Motiv herausfinden konnten. Im Anschluss an die Beichte kamen die Polizisten abermals auf die Pferderanch. Doch anders als bei den vorausgegangenen Durchsuchungen des Geländes wussten sie im Oktober 2014 nun genau, wo sie graben mussten.

Neben der maroden Gartenhütte befand sich ein riesiger Müllhaufen. Ausgediente Stühle, Bretter einer Tischplatte und weiterer Unrat türmten sich dort auf. Stück für Stück trugen ihn die Polizisten ab, bis sie auf eine Schicht Pferdemist stießen. Mit Schaufeln begannen sie, vorsichtig zu graben. Ahnen Sie schon, welche Entdeckung sie dort machten? Nach einem halben Meter stießen sie auf zwei verweste Leichen. Die Vermutung, dass es sich bei ihnen um das Ehepaar Neumann handelte, konnte die Rechtsmedizin später zweifelsfrei bestätigen. Zunächst hatten die Beamten keine Erklärung, warum die Leichenspürhunde nicht angeschlagen hatten, als sie bei einer der zahlreichen Suchen mit auf dem Gelände waren. Erst später teilten die Beamten mit, dass die Hunde den Leichengeruch nicht erschnüffeln konnten, weil dieser durch den Pferdemist kaschiert worden war.

Die Rechtsmedizin hielt in ihrem Bericht fest, dass Rudolf Neumann durch 17 Messerstiche ums Leben gekommen war.

Seine Frau Hedwig hingegen war durch die Kugeln zweier Schüsse gestorben. Damit war die Todesursache klar und es schien eindeutig, wer für den Tod verantwortlich war. Nicht klar war hingegen, ob es sich um Mord oder, wie von den Tatverdächtigen behauptet, um Notwehr handelte.

Glaubte man den Aussagen von Vater und Sohn, hatte sich an jenem Junitag 2014 auf der Pferderanch Folgendes zugetragen: Rudolf Neumann soll Niklas mit einem Messer angegriffen haben. Doch der junge Mann schaffte es, seinem Vermieter das Messer zu entreißen. In Notwehr will er dann 17-mal auf den 57-Jährigen eingestochen haben, als plötzlich die Ehefrau des Mannes mit einem Beil auf Niklas eindreschen wollte. Vater Albert kam seinem Sohn zu Hilfe und schoss zweimal auf Hedwig – juristisch betrachtet wäre das Nothilfe.

Klingt abenteuerlich, denken Sie? So ging es mir auch. Deshalb wollte ich den Prozess gegen den damals 59-jährigen Albert Weber und seinen 29 Jahre alten Sohn als Gerichtsreporter begleiten. Die Einlassungen der Angeklagten sprachen für eine spannende Verhandlung und ich wurde nicht enttäuscht.

Die Staatsanwaltschaft warf dem Vater-Sohn-Gespann im Fall von Rudolf Neumann Totschlag und im Fall von dessen Ehefrau Mord vor. Die Verteidiger der beiden Angeklagten hingegen plädierten dafür, dass ihre Mandanten in Notwehr und Nothilfe gehandelt hätten, weil sie sich gegen ihre aggressiven Vermieter zur Wehr setzen mussten.

Nicht oft habe ich vor Gericht erlebt, dass eine so massive Täter-Opfer-Umkehr stattfand wie bei der Verhandlung gegen die Webers. Rudolf Neumann, auf dessen Konto zum Zeitpunkt seiner Tötung seit 1984 nicht weniger als 30 Anzeigen gingen, soll ein cholerischer Schlägertyp gewesen sein. Andere hingegen sagten aus, dass der Mann ruhig, freundlich und zuvorkommend gewesen sei. Der Tierarzt, der hin und wieder auf die Pferderanch kam, sagte vor Gericht hingegen aus, dass Neumann aggressiv gewesen war und seine beiden Mieter beleidigte und demütigte. Ich konnte mir bis zum Ende des Prozesses kein klares Bild von dem getöteten Ehepaar machen. Aber wissen Sie, es ist als Journalist auch nicht meine Aufgabe, das Verhalten anderer Menschen zu bewerten. Aber zurück zu dem Prozess gegen die Webers. Im August 2015, etwas über ein Jahr nach den Taten, sprach das Landgericht Vater und Sohn frei – im Zweifel für die Angeklagten. Sie können sich nicht vorstellen, was für ein Tumult im Gerichtssaal losbrach, als der Vorsitzende das Urteil verkündete. Es waren sogar Beamte vonnöten, um die Prozessbeobachter in Schach zu halten. Auch das machte die Verhandlung zu einem außergewöhnlichen Erlebnis für mich: Es kommt nicht oft vor, dass eine Sitzung derart außer Kontrolle gerät, dass Polizisten sogar den Saal räumen müssen.

Die Webers wurden aus der Untersuchungshaft entlassen und ihnen wurde eine Haftentschädigung zugesprochen. Das Urteil stieß auch in ihrem Heimatdorf auf nur wenig Gegenliebe. Ebenso wie bei der zuständigen Staatsanwaltschaft und der Nebenklage, die sofort Revision gegen die Entscheidung einlegten. Deshalb glaube ich auch, dass den beiden Freigesprochenen die zugestandene Haftentschädigung nie ausgezahlt wurde.

Nachdem der Bundesgerichtshof das Urteil aufgehoben hatte, verwies es den Fall im Februar 2017 zurück an das Landgericht. Ich mache es kurz: Auch diesmal wurden sowohl Albert als auch Niklas freigesprochen. Allerdings wurde der mittlerweile 61-jährige Vater wegen unerlaubten Waffenbesitzes zu einer Haftstrafe von acht Monaten verurteilt, bei der aber die vorangegangene Untersuchungshaft angerechnet wurde und sie damit keine Auswirkung auf die Freiheit des Mannes hatte. Natürlich legten Staatsanwaltschaft und Nebenklage auch gegen dieses Urteil Revision ein und viele der Prozessbeobachter kamen aus dem Kopfschütteln nicht mehr heraus.

Der zuständige Senat beim Bundesgerichtshof muss sich wohl ziemlich veräppelt gefühlt haben, als die Akte der Webers mit einem Revisionsantrag erneut auf ihrem Schreibtisch lag. Abermals wurde das Urteil aufgehoben. Diesmal verwiesen sie das Verfahren an die Schwurgerichtskammer eines anderen Landgerichtes.

Die Tötung der Neumanns wurde von meinen lokalen Medienkollegen zum mysteriösesten Fall des Landkreises erklärt. Es war aber auch wirklich schwierig, sich eine Meinung darüber zu bilden, was sich an jenem Junivormittag 2014 auf dem Gelände der Pferderanch zugetragen hatte. Niklas sagte aus, dass er nach dem ersten Messerstich, den er Rudolf versetzt hatte, in einen Blutrausch geriet. Aber was denken Sie? Kann man dann wirklich noch von Notwehr sprechen?

Für die Verhandlung an dem anderen Landgericht fand im Juni 2021, ganze sieben Jahre nach der Tötung der Neumanns, ein erneuter Ortstermin auf der Pferderanch statt. Die Prozessbeteiligten fanden sich ein, um die Aussagen der Angeklagten auf Herz und Nieren zu prüfen – begleitet von zahlreichen Journalisten. Ich war natürlich auch mit von der Partie.

Der Vorsitzende Richter, ohne Robe und leger gekleidet, hielt ein Schriftstück in den Händen. Auf dem Blatt Papier hatte er sich einige Szenen notiert, die nun unter seinen Regieanweisungen nachgespielt werden sollten. Die Anwesenden wollten klären, ob Albert, als er sich im hintersten Teil des Grundstückes aufhielt und sich um die Ziegen kümmerte, das Hundegebell und den Tumult an jenem Junitag hätte hören können und erst daraufhin, so wie er behauptete, zu dem Geschehen dazugestoßen war und in Nothilfe Hedwig erschoss.

Es fiel mir schwer, ein Lachen zu unterdrücken – so surreal wirkte das unfreiwillige Theaterstück auf mich. Aber anscheinend auch auf alle anderen Anwesenden, denn selbst die Verteidiger hatten Mühe, ein Schmunzeln zu unterdrücken. Die Hunde wurden dazu gebracht, so laut zu bellen, wie es die Tiere der Neumanns vermutlich immer getan hatten. Dann wies der Richter die Beamten, die auch im Polizeichor sangen, via Handy an, sie sollten brüllen – so laut, wie vermutlich jemand schreit, wenn es um Leben und Tod geht. Und tatsächlich: Theoretisch hätte Albert Weber die Schreie hören können.

Im Juli 2021 verkündete die Kammer das Urteil gegen die beiden Angeklagten: Der mittlerweile 66-jährige Vater und sein 36-jähriger Sohn wurden wegen Totschlags zu je zehn Jahren und sechs Monaten Haft verurteilt. Anders als bei den vorherigen Prozessen kam der Richter nach der Beweisaufnahme zu dem Schluss, dass im Fall der getöteten Neumanns Notwehr und Nothilfe nicht glaubwürdig erschienen.

Aber ich muss Sie leider enttäuschen: Trotz der zahlreichen Verhandlungen konnte auch bei diesem Gerichtsprozess kein Motiv des Vater-Sohn-Gespanns ausgemacht werden. Nach rund fünfeinhalb Jahren in Freiheit klickten noch im Gerichtssaal abermals die Handschellen bei Albert und Niklas Weber. Ich hörte, wie einer der Prozessbeteiligten sagte: „Zwei Gerichte haben A gesagt, ein Gericht hat B gesagt. Und dazwischen liegen verpfuschte Leben." Und nicht zu vergessen: Leben, die ausgelöscht wurden. Natürlich tat mir leid, dass Vater und Sohn in all den Jahren nicht zur Ruhe kommen konnten, weil sie durch die Revisionen immer wieder mit neuen Prozessen rechnen mussten. Aber ich fand, dass das Schicksal von Rudolf und Hedwig Neumann durch dieses juristische Tauziehen ins Hintertreffen geriet.

Die Nebenklage war nach der Urteilsverkündung erleichtert und auch die Dorfbewohner waren mit dem Urteil zufrieden. Die Verteidiger hingegen mussten wohl glauben, sich verhört zu haben. Diesmal legten sie Revision gegen die Entscheidung des Schwurgerichtes ein.

Im Oktober 2023 wurde die Revision verworfen – die Urteile waren rechtskräftig. Nur für Albert Weber hatte diese Entscheidung keine Konsequenz mehr: Der Mann verstarb, bevor der Bundesgerichtshof seinen Entschluss mitteilte.

TÖDLICHE EIFERSUCHT

GUDRUN
64 JAHRE
BERLIN

EHEMALIGE NACHBARIN
DER FAMILIE DES TÄTERS

Wie jeden Morgen saß ich auch am 20. September 2016 am Küchentisch und schlug routiniert Seite für Seite der Zeitung um. Der Duft des frisch aufgebrühten Kaffees stieg mir aus der Tasse in meiner Hand in die Nase und erfüllte mich mit Vorfreude. Ich überflog die fetten Buchstaben der Schlagzeilen. Nicht oft weckte eine Überschrift mein Interesse und verleitete mich dazu, einen Artikel zu lesen.

Mit spitzen Lippen schlürfte ich an dem Kaffeebecher und sog den bitteren Wachmacher in meinen müden Körper, während ich vom Lokalteil zu den überregionalen Nachrichten blätterte. Mit gerunzelter Stirn und zusammengekniffenen Augen starrte ich das auf der Seite abgedruckte Foto an, das einen Mann mit fleischigem Gesicht zeigte. Die fülligen Lippen, die aussahen wie kleine Würstchen, waren zu einem schiefen Grinsen verzogen. Seine langen dunkelblonden Haare fielen auf seine Schultern hinab. Um seinen großen Kopf hatte er ein buntes Tuch gewickelt. Der massige Oberkörper war in einen grauen Handwerkermantel gehüllt.

Ich umklammerte den Henkel der Tasse so fest, dass meine Fingerknöchel weiß hervortraten. Erst jetzt bemerkte ich, dass ich vor lauter Schreck vergessen hatte, den heißen Kaffee herunterzuschlucken, der nun meine Zunge und Schleimhäute mit einem brennenden Schmerz versengte.

Nachdem ich den Kaffeepott auf die Tischplatte gedonnert und mir mit der Hand Luft in den Mund gefächelt hatte, betrachtete ich nochmals ungläubig das Foto samt Schlagzeile. Unter dem bulligen Kerl, der seine kräftigen Arme in die Hüften stemmte, stand in dicken Lettern: „Kölner Politiker Gundolf

Wagner ist tot." In dem Bericht war von einer unheilbaren Erkrankung und einem möglichen Suizid die Rede. Unklar sei aber, warum in der Wohnung des streitbaren Volksvertreters eine weitere Leiche gefunden wurde. Ich schüttelte den Kopf, während meine Lippen ein stummes „Was?" formten. Mal ehrlich, wie oft haben Sie schon die Zeitung aufgeschlagen und einen Ihnen bekannten Menschen im Mittelpunkt solch einer aufsehenerregenden und zugleich mysteriösen Meldung entdeckt?

Früher lebte Gundolf mit seinen Eltern und Geschwistern in dem beschaulichen Ort, den auch ich mein Zuhause nenne. Die Wagners genossen kein hohes Ansehen in unserer Gemeinde. Familienpatriarch Manfred und seine Ehefrau Regina waren bekennende Mitglieder der sogenannten Ludendorff-Bewegung. Der Verfassungsschutz stufte diese völkisch-antisemitische Weltanschauungsgemeinschaft als rechtsextreme Organisation ein. Deshalb bezeichneten wir die Wagners hinter vorgehaltener Hand auch immer nur als „die Nazis". Regelmäßig schickten Manfred und Regina ihre vier Kinder zum Bund Heimattreuer Jugend, wie er sich damals noch nannte.

Im Dorf wurde viel über die Wagners hergezogen. Auch ich habe mich oft an der Gerüchteküche beteiligt. Manfred und Regina lieferten schließlich zuverlässig Zutaten für schmackhafte Klatsch-und-Tratsch-Rezepte, welche die Dorfköche eifrig untereinander austauschten. Sie kennen bestimmt den Spruch „Viele Köche verderben den Brei". Vielleicht kann ich deshalb heute nicht mehr mit Sicherheit sagen, welche Erzählungen auf Tatsachen beruhten und welche lediglich die Erfindungen fantasievoller Gemeindemitglieder waren.

Mein ältester Sohn Oliver besuchte gemeinsam mit Gundolf die Realschule. Ob es stimmt, dass der Junge der Wagners von seinen Mitschülern drangsaliert wurde, weiß ich nicht. Mein Oliver hat mir nie etwas in diese Richtung erzählt. Beliebt war Gundolf wegen seines schwierigen Charakters bei seinen Altersgenossen aber mit Sicherheit nicht. Das Motto des Jungen schien zu sein: „Es gibt meine Meinung und die falsche.“ Wenn nicht alle nach seiner Pfeife tanzten, war er sofort eingeschnappt. Im besten Fall verschränkte Gundolf dann die Arme vor der Brust und zog eine Schnute, im schlimmsten Fall benutzte er eines der anderen Kinder als Boxsack. Der Junge konnte seinen Ärger nur schwer im Zaum halten. Mein Oliver erzählte mir einmal, dass Gundolf wegen irgendeiner Nichtigkeit so wütend geworden war, dass er kurzerhand eine Tür in der Schule eintrat, um sich abzureagieren.

Sie können sich bestimmt vorstellen, wie entrüstet ich war, als ich von einer Nachbarin erfuhr, dass es Gundolfs Lieblingsbeschäftigung wäre, kleine Kätzchen zu ersäufen. Wenn er mit hängenden Schultern die Hauptstraße in unserem Dorf entlangschlurfte, hatte ich dennoch manchmal Mitleid mit dem dicklichen Jungen, der seine Altersgenossen schon immer um einen Kopf überragte. Was sollte aus dem Kind und seinen drei Geschwistern bei den Eltern nur werden? Abgesehen davon, dass Manfred und Regina ihren Nachwuchs mit kruden Theorien und Ansichten indoktrinierten, verprügelten sie ihn bei jeder sich bietenden Gelegenheit.

Auf dem Bauernhof von Gundolfs Eltern kam es hin und wieder zu Polizeieinsätzen. Mehr als einmal hielten die Beamten dem Ehepaar Wagner Beschlüsse für Hausdurchsuchungen wegen Volksverhetzung unter die Nase. Ich glaube aber, dass die Polizisten nie wegen der Misshandlung ihrer Kinder da gewesen sind. Auch wenn auf dem Land jeder jeden kennt und man über seine Nachbarn mehr weiß als die über sich selbst, sind wir Dörfler Meister im Ignorieren. Da stehen wir den Stadtbewohnern in ihren Plattenbauten der Anonymität um nichts nach.

Kurz gesagt: Das familiäre Gefüge der Wagners war nicht das von Liebe geprägte, verständnisvolle Umfeld, in dem Kinder aufwachsen sollten. Dennoch gelang es Gundolf, die Realschule erfolgreich abzuschließen. Im Anschluss machte er eine Ausbildung zum Fernmeldehandwerker bei einer Telekommunikationsfirma. Ich kann mich allerdings nicht mehr daran erinnern, ob er nach der Lehre jemals in dem Beruf gearbeitet hat.

Zwischen Gundolf und seinen Eltern kam es 1992 zum Bruch, als der junge Mann eines Abends in Tränen aufgelöst nach Hause kam. Gundolf war da 20 Jahre alt. Er hatte wenige Stunden zuvor erfahren, dass seine erste große Liebe bei einem tragischen Verkehrsunfall ums Leben gekommen war. Um wen es sich bei dem Verunglückten handelte und was genau passiert war – das kam nie so ganz raus. In seiner Trauer und Verzweiflung suchte Gundolf Trost bei Manfred und Regina. Doch als seine Mutter hörte, dass es sich bei dem Schwarm ihres Sohnes um einen Mann handelte, flippte die Frau aus. Sie beschimpfte ihr eigenes Kind wegen dessen Homosexualität. Für sie war das eine untragbare Schande. Gundolf baute sich drohend vor der tobenden Regina auf. Wer weiß, was passiert wäre, wenn sein Vater nicht eingegriffen hätte. An jenem Abend warf Manfred seinen Sohn aus dem Haus. Seit diesem Tag hatten sie nie wieder Kontakt zu Gundolf – so erzählte man es sich zumindest im Dorf.

Er war aber nicht das letzte Kind, dass das Ehepaar Wagner verlieren sollte. Ihre Tochter kam später bei einem Autounfall ums Leben und ihr ältester Sohn beging Selbstmord. Vielleicht waren das die ausschlaggebenden Gründe, weshalb Manfred und Regina beschlossen, den Bauernhof zu verkaufen und mit ihrem jüngsten Kind nach Australien auszuwandern.

Die Wege von meinem Oliver und Gundolf kreuzten sich nochmals bei der Bundeswehr, als sich die beiden jungen Männer entschlossen, eine Karriere als Soldat auf Zeit einzuschlagen. Von meinem Sohn weiß ich, dass Gundolf sich damals in einen Unteroffizier verliebte. Als der Mann jedoch davon erfuhr, verspottete er Gundolf. Mein Oliver sagte, er wäre nicht mehr zu halten gewesen und habe wie von Sinnen auf seinen Angebeteten eingedroschen. So ein Verhalten wurde bei der Bundeswehr selbstverständlich nicht geduldet. Gundolfs Strafe war die unehrenhafte Entlassung aus dem Militärdienst. Er machte im Anschluss noch eine Ausbildung zum Elektroniker und ergatterte im Anschluss eine Anstellung.

Mein Oliver hingegen erhielt nach Ablauf seines Soldatendaseins nach zwei Jahren ein hervorragendes Dienstzeugnis. Im Anschluss studierte er Informatik und arbeitet mittlerweile als IT-Sicherheitsexperte in einer großen Softwarefirma.

Über zehn Jahre nach seiner Zeit bei der Bundeswehr hörte ich nichts mehr von Gundolf, bis ich eines Abends erschöpft auf mein Sofa sank, mich unter eine Wolldecke kuschelte und den Fernseher anschaltete. Noch bevor der Nachrichtensprecher den Namen des Mannes sagen konnte, der triumphierend in die Kameras der Journalisten grinste, erkannte ich Gundolf wieder. Der massige Zwei-Meter-Riese war eine imposante Erscheinung, nicht zuletzt wegen seines seltsamen Kleidungsstils. Ich traute meinen Ohren kaum, als ich hörte, dass Gundolf sich nun in Deutschlands Hauptstadt als Politiker betätigte. Er hatte sich einer unkonventionellen Partei angeschlossen und setzte sich unter anderem dafür ein, dass die Bürger den öffentlichen Nahverkehr ohne Fahrschein nutzen dürfen.

In seinem Wahlkreis war Gundolf beliebt, hatte er doch stets ein offenes Ohr für die Sorgen und Nöte der Einwohner. Wie ich aus den Medien erfuhr, sorgte Gundolf hingegen bei seinen Parteikollegen des Öfteren für Unmut. Einmal soll er mit einem Mann derart aneinandergeraten sein, dass er seinem Kontrahenten drohte, dessen Gesicht mit einem Backstein zu zertrümmern. Deshalb stellten ihm seine Parteigenossen während des Wahlkampfes sogar einen Betreuer zur Seite, der Gundolf beruhigen sollte, wenn sich mal wieder ein Wutausbruch anbahnte. Unter seinen Parteikollegen galt Gundolf nicht als der fähigste Politiker. Er soll nicht in der Lage gewesen sein, Anträge korrekt zu formulieren, und wurde seinen Kollegen gegenüber häufig verbal ausfällig.

2011 wurde Gundolf von den Bürgern seines Wahlkreises in das Abgeordnetenhaus gewählt. Danach verfolgte ich die Karriere meines einstigen Nachbarkindes nicht mehr. Jeder hat seine Interessen – und für Politik konnte ich mich noch nie begeistern.

Nach Gundolfs Selbstmord jagte eine Schlagzeile die nächste. Vor allem die Leiche des zweiten Mannes bot Anlass für öffentliche Spekulationen. Täglich verfolgte ich die Berichterstattung und fieberte der angekündigten Pressekonferenz entgegen. Nur wenige Tage später traten Kriminalpolizei und Staatsanwaltschaft vor eine wartende Reportermeute. Was sie Journalisten und der interessierten Bevölkerung berichteten, klang schier unglaublich.

Der zweite Tote in Gundolfs Wohnung war der 29 Jahre alte Sebastian Schmitz. Im Internet suchte ich nach einem Foto und wurde schnell fündig. Er war ein junger Mann von schlanker Gestalt, sein filigranes Gesicht wurde von großen dunkelbraunen Locken eingerahmt.

Ich stöberte durch einige Zeitungsartikel. So erfuhr ich, dass Sebastian den flippigen Politiker kennengelernt hatte, als er sich mit Mitte zwanzig in einer Phase seines Lebens befand, die man getrost als perspektivlos bezeichnen konnte. Er hatte die Schule geschmissen und eine Lehre abgebrochen. Richtig gearbeitet hatte er noch nie. Seinen Lebensunterhalt konnte Sebastian nur mit staatlicher Unterstützung bestreiten. Als ich las, dass seine Eltern sich große Sorgen um die Zukunft ihres Sohnes machten, konnte ich das als Mutter nur allzu gut nachvollziehen. Aber zum Glück bereitete mir mein Oliver nie solche Probleme. Sebastians Eltern fielen wahrscheinlich ganze Felsbrocken vom Herzen, als sie hörten, dass Gundolf ihren Sohn als persönlichen Mitarbeiter in seinem Wahlkreisbüro anstellen wollte.

Bekannte von Sebastian berichteten, dass der junge Mann den umstrittenen Volksvertreter bewunderte, der für seine Kompromisslosigkeit berüchtigt war. Außerdem habe Sebastian sich stets auf seinen Vorgesetzten verlassen können. Gundolf half ihm beim Umzug und baute mit ihm zusammen Möbel auf. Er schenkte Sebastian warme Winterstiefel und lud ihn zu Reisen ein. Es verwundert kaum, dass sich zwischen den beiden Männern rasch eine enge Freundschaft entwickelte.

Bis 2014 hatte Sebastian für den schillernden Politiker in dessen Wahlkreisbüro gearbeitet. Doch als Gundolf dem 15 Jahre jüngeren Sebastian seine Zuneigung gestand, kündigte dieser seine Anstellung.

Ich erinnere mich gelesen zu haben, dass die Verliebtheit des Politikers nicht der ausschlaggebende Grund für Sebastian gewesen sein soll, nicht mehr für den Zwei-Meter-Mann zu arbeiten. Zumindest erzählte Sebastians Mutter das in einem Zeitungsinterview. Eines Tages musste Gundolf in einem Krankenhaus behandelt werden. Warum, weiß ich nicht. Auf jeden Fall soll er seinen Mitarbeiter gebeten haben, einige Dinge für ihn aus seiner Wohnung zu holen, und gab ihm deshalb die Schlüssel. Dort soll Sebastian heimlich gemachte Fotos von seinen Freunden und Bekannten entdeckt haben, die sie während des Toilettenganges in seiner Wohnung zeigten. Das soll das Fass zum Überlaufen gebracht haben und war der eigentliche Anlass für das Zerwürfnis zwischen den beiden Männern.

Meiner Meinung nach nahm das Unheil seinen Lauf, weil Gundolf die Kündigung seines Schwarmes nicht hinnehmen wollte. Immerhin bedeutete das für ihn, dass er Sebastian nicht mehr jeden Tag sehen würde. Möglicherweise befürchtete Gundolf auch, dass die Kündigung das Ende ihrer Freundschaft bedeuten könnte. Der exzentrische Politiker lauerte Sebastian vor dessen Haustür auf und bombardierte ihn mit Anrufen und Textnachrichten. Er legte sogar ein Fake-Profil von seinem Schwarm in einem sozialen Netzwerk an, befreundete sich mit Bekannten des jungen Mannes und versuchte so, an Informationen über seinen ehemaligen Mitarbeiter zu kommen. Einem Freund kam die ganze Sache komisch vor und er sprach Sebastian darauf an. Dem war gleich klar, wer hinter dem Fake-Account steckte – höchstwahrscheinlich derjenige, der sich auch unbefugt Zutritt zu seiner Wohnung verschafft und kleine Spionagekameras installiert hatte.

Ich denke, dass das Stalking Sebastian ziemlich an die Nieren gegangen ist. Mehrfach hatte er seinen einstigen Vorgesetzten gebeten, ihn endlich in Ruhe zu lassen. Doch der zeigte sich von der Bitte seines ehemaligen Mitarbeiters und Freundes unbeeindruckt und drohte, dass er ja mal „richtig Terror" veranstalten könne. Im Sommer 2016 suchte Sebastian deshalb die örtlichen Polizeiwache auf. Er fürchtete, dass die Situation eskalieren und er sich in Gefahr befinden könnte.

Der Beamte hörte Sebastian aufmerksam zu, bevor er ihm einen Fragebogen in die Hand drückte. Er sagte, Sebastian solle überlegen, ob er Strafantrag gegen den Politiker stellen wolle. Die Entscheidung müsse er selbst treffen.

Verstehen Sie mich nicht falsch, den Polizisten trifft keinerlei Schuld. Er handelte nach Vorschrift – das ist das übliche Vorgehen beim Straftatbestand der Nachstellung. Solch ein Delikt wird von der Staatsanwaltschaft nur dann verfolgt, wenn das Opfer dies beantragt. Der Beamte konnte ja nicht ahnen, dass Sebastian den Fragebogen nicht ausfüllen und auch nicht bei der zuständigen Dienststelle einreichen würde. Warum Sebastian das nicht tat, bleibt unklar. Ich glaube, dass der junge Mann fürchtete, dass es dann erst recht Ärger mit Gundolf geben würde.

Gundolf war nämlich mittlerweile zu Ohren gekommen, dass sein Schwarm vorhatte, ihn wegen Stalkings anzuzeigen. Frei nach dem Motto „Angriff ist die beste Verteidigung" erstattete der Politiker seinerseits Anzeige gegen Sebastian – wegen Verleumdung. Obwohl Gundolf manchmal wie ein Dorftrottel wirkte und sich wie ein rüpelhafter Bauer aufführte, muss ich zugeben, dass dieser Schachzug klug war. Auf der Polizeiwache gab Gundolf zu Protokoll, dass er die Anzeige gegen seinen ehemaligen Mitarbeiter aus reinem Selbstschutz stelle. Er behauptete, Sebastians Unterstellungen würden seine Reputation gefährden.

Sie kennen das selbst: Geschieht eine fürchterliche Tat, dann sehen Sie stets die bedröppelt dreinblickenden Gesichter der

Nachbarn, die vor zahlreichen Fernsehkameras beteuern, dass sie dem Täter das Verbrechen niemals zugetraut hätten. Der habe doch immer so nett gegrüßt. Als ob ein mürrisches „Guten Morgen!" jemanden zum Mörder qualifizieren würde.

Doch im Fall von Gundolf verhielt sich die Sache anders. Zwar hatte ihm niemand eine solch grausige Tat zugetraut, aber überrascht war auch keiner darüber. Manche glaubten, dass die Tatsache, dass sich Gundolfs politische Karriere ihrem Ende zuneigte, der berühmte Tropfen auf dem heißen Stein gewesen war. Seine eigene Partei hatte ihn so weit hinten auf die Landesliste gewählt, dass es ein schier aussichtsloses Unterfangen für ihn war, erneut in das Abgeordnetenhaus einzuziehen. Gundolf konnte persönliche und berufliche Niederlagen leiden wie Fußpilz. Möglicherweise war das auch der Grund, warum er seinen Parteikollegen erzählte, dass er sich eine fürchterliche Erkrankung zugezogen und der Arzt ihm nur noch ein Jahr zu leben gegeben habe. Vielleicht wollte er damit Mitleid hervorrufen und ein schlechtes Gewissen bei seinen Parteikollegen provozieren.

Ich habe mir natürlich auch Gedanken darüber gemacht, was der Auslöser für dieses Verbrechen gewesen sein könnte. Ich bin zu dem Schluss gekommen, dass der Umstand, dass Sebastian einige Wochen vor seiner Ermordung eine junge Frau auf einer Musikveranstaltung kennengelernt hatte, wie ich in einem Zeitungsartikel gelesen hatte, der Schlüssel sein könnte. Der Feingeist und die Studentin verstanden sich anscheinend gut. Wahrscheinlich wären sie ein glückliches Paar geworden. Vielleicht wollte Gundolf genau das verhindern. Ich halte es zumindest nicht für ausgeschlossen, dass er irgendwie von Sebastians neuer Liebe erfahren hatte.

Den Artikeln war zu entnehmen, was die polizeilichen Ermittlungen ergeben hatten. Gundolf hatte am Tag von Sebastians Ermordung in einem Kiosk eingekauft. Ein Onlineportal veröffentlichte den Ausschnitt einer Überwachungskamera, der Zeitstempel verriet, dass es der 15. September 2016 war, als Gundolf in das kleine Büdchen schlurfte. Vor der Tür hatte der der 44-Jährige eine Sackkarre mit einem großen schwarzen Koffer stehen gelassen. Er kaufte einige Groschenromane und einen Lottoschein. Der Inhaber, der ein wenig mit dem exzentrischen Politiker plauderte, erzählte später, dass er ihn gefragt habe, was er denn in dem großen Koffer habe. Er habe daraufhin lachend abgewunken und behauptet, dass es sich bei dem Inhalt um Altkleider handle. Nach dem Kioskbesuch trottete Gundolf, die Sackkarre hinter sich herziehend, weiter Richtung U-Bahnstation und machte sich auf den Weg zu Sebastians Wohnung.

Vier Tage später, es war der 19. September 2016, öffnete ein Mitarbeiter von Gundolfs Partei wie gewöhnlich die Post. In einem der Briefumschläge steckte ein Schreiben seines Parteikollegen. „Wenn ihr das lest, bin ich tot“, stand dort. Der Angestellte griff besorgt zum Telefonhörer und wählte die Nummer des Polizeinotrufes.

Die alarmierten Beamten machten sich direkt auf den Weg zu Gundolfs Wohnung in einem mehrstöckigen Wohnhaus. Einer der Polizisten schilderte später einem Reporter den Einsatz, der darüber einen ausführlichen Zeitungsartikel schrieb. Dort war zu lesen, dass mithilfe der Feuerwehr die Wohnungstür gewaltsam geöffnet wurde, bevor die Einsatzkräfte in die verwahrlosten Räume eintraten. Sofort schlug ihnen der unverwechselbare Geruch der Leichenfäulnis entgegen. Auf dem Boden im Flur sahen sie eine Blutspur. Auch die Sackkarre stand in dem Raum, nebst einem Müllsack. Ein flüchtiger Blick in die Tüte offenbarte ihren Inhalt: Kabelbinder. Manche von ihnen schienen unbenutzt, andere hingegen waren augenscheinlich in Gebrauch gewesen.

Im Wohnzimmer entdeckten sie die Leiche eines jungen Mannes. Der Tote lag nackt und in Embryonalstellung auf einer Matratze. Zu diesem Zeitpunkt wussten die Beamten natürlich noch nicht, dass es sich bei ihm um den 29-jährigen Sebastian handelte. Ihnen war nur klar, dass der Tote nicht der bekannte Politiker war. In seiner linken Hand hielt Sebastian ein Madonnenbild. Unter seinen Armen war ein T-Shirt drapiert. Die Gesäßpartie wurde teilweise von einer weißen Decke bedeckt. Sein Kopf ruhte auf einem zusammengelegten Frotteehandtuch. Auf den ersten Blick konnten die Polizisten nicht ausmachen, wie Sebastian ums Leben gekommen war. Dem Verwesungsgrad seines Körpers nach zu urteilen, war er aber schon länger tot.

In einem anderen Zimmer fanden die Schutzmänner die unbekleidete Leiche von Gundolf. Der Tote lag bäuchlings auf seinem Bett. Um seine Handgelenke waren blanke Kabelenden geschlungen. Das andere Ende des Stromkabels war mit einer eingeschalteten Mehrfach-Steckerleiste verbunden.

Mich wunderte die Art und Weise nicht, wie Gundolf sich das Leben genommen hatte. Für den gelernten Elektriker war es bestimmt ein Leichtes gewesen, den Fehlerstrom-Schutzschalter außer Betrieb zu setzen, der einen Stromschlag verhindert hätte.

Der Verwesungszustand von Gundolf war noch nicht so weit fortgeschritten wie der von Sebastian – damit stand eindeutig fest, dass der exzentrische Politiker nach dem jungen Mann verstorben war. Ein Rechtsmediziner untersuchte die Leichen und lieferte den Ermittlern entscheidende Hinweise für die Rekonstruktion des Tatgeschehens. Der Experte stellte bei Sebastian zahlreiche Brüche des Brustkorbes fest. Die Verletzungsmuster ließen darauf schließen, dass der 128 Kilogramm schwere Gundolf auf dem zierlich gebauten Sebastian gekniet haben musste, während er ihm mit seinen fleischigen Händen den Hals zudrückte. Der junge Mann hatte vergeblich versucht, sich gegen seinen Angreifer zu wehren.

Der Rechtsmediziner konnte übrigens die tödliche Erkrankung, von der Gundolf seinen Parteikollegen erzählt hatte, nicht feststellen. Er war kerngesund gewesen. Aber dass Gundolf es mit der Wahrheit nicht so genau nahm, wunderte mich nicht. Er hatte zum Beispiel immer behauptet, auf einer Autobahn in einem anderen Bundesland zur Welt gekommen zu sein. Dass diese Geschichte nicht stimmte, wusste ich aus erster Hand. Denn ich hatte seinerzeit gemeinsam mit Gundolfs Mutter auf der Wöchnerinnenstation gelegen, als mein Oliver zur Welt gekommen war – Hunderte Kilometer von der Autobahn entfernt, von der Gundolf behauptete, dort geboren worden zu sein.

Über den genauen Tatablauf kann bis heute nur spekuliert werden. Theoretisch könnte es sich bei der Tötung von Sebastian auch um eine Affekttat gehandelt haben. Ich glaube daran allerdings nicht. Ich denke, dass Gundolf die Tat plante und einen eiskalten Mord beging, dass er in Sebastians Wohnung eindrang und ihn dort bei dessen Heimkehr überraschte.

Nach allem, was man in den Nachrichten über das Verbrechen hörte, mache ich mir auch heute noch manchmal Gedanken darüber, was sich in jenem Herbst 2016 genau zugetragen hat. Das toxikologische Gutachten sagte aus, dass in Sebastians Körper keine Rückstände von Betäubungsmitteln gefunden wurden. Selbst dem einfältigen Gundolf muss klar gewesen sein, dass er Sebastian nicht lebend in den Koffer und auf der

Sackkarre kilometerweit durch die Stadt transportieren könnte. Hatte er ihn dann vielleicht in dessen Wohnung getötet, bevor er ihn in den Koffer zwängte und sich mit der Leiche auf den Rückweg machte? Aber warum hatte er Sebastian dann mit den Kabelbindern gefesselt, wenn dieser bereits tot gewesen war? Der Rechtsmediziner schrieb in seinem Abschlussbericht, dass er an Hand- und Fußgelenken von Sebastian Fesselungsspuren entdeckt hatte. Allerdings waren die Fäulnisveränderungen der Leiche schon so weit fortgeschritten, dass es dem Experten unmöglich war, zu unterscheiden, ob das Opfer vor oder nach seinem Tod gefesselt wurde. Und warum war es Gundolf überhaupt so ein Bedürfnis gewesen, Sebastian, ob nun tot oder lebend, in seine Wohnung zu schaffen?

Merkwürdig war auch, dass die Ermittler in der Wohnung von Gundolf einen Streifen Klebeband fanden. Daran hafteten Barthaare von Sebastian. Warum hätte der Riese Sebastian den Mund verkleben sollen, wenn sein Opfer ohnehin keinen Mucks mehr von sich hätte geben können? Oder hatte er ihm das Klebeband vor der Tötung ins Gesicht geklebt? Aber das erscheint unlogisch: Hätte er Sebastian dann nicht vor dem Erwürgen auch gefesselt? Und festgebunden war der junge Mann während seines Todeskampfes zweifelsfrei nicht, denn dann hätte er sich nicht so heftig gegen seinen Mörder zu Wehr setzen können. Fragen über Fragen, die wohl nie geklärt werden.

Zwei Tage, nachdem die Leichen von Sebastian und Gundolf gefunden worden waren, betrat ein Ex-Freund des Täters eine Polizeiwache. Bei sich hatte er ein ungeöffnetes Päckchen. Dem Absender war zu entnehmen, dass der exzentrische Politiker die Sendung aufgegeben hatte. Als der Polizist das Paket öffnete, fand er darin einige Bündel Geld, ein Testament von Gundolf –

und ein Geständnis. „Ich habe am 15. September um ca. 22.00 Uhr Sebastian im Affekt getötet. Ich kann ohne ihn nicht leben und folge ihm“, las der Beamte.

Auch wenn der Tatablauf bis heute im Dunklen liegt, ist der Fall doch eindeutig: Gundolf hatte Sebastian umgebracht. Einen Mittäter konnte die Kriminalpolizei ausschließen. Und weil in Deutschland gegen Tote nicht ermittelt wird, wurde das Verfahren gegen Gundolf eingestellt. Damit wurden die Räumlichkeiten des Mörders nicht durchsucht und die Daten auf seinem Computer nicht ausgewertet. Ob mein ehemaliges Nachbarskind also tatsächlich heimlich Fotos von Freunden und Bekannten während des Toilettenganges in Sebastians Wohnung angefertigt hatte, konnte offiziell nie bestätigt werden.

Eine Entdeckung der Kriminalisten sprach allerdings dafür, dass Gundolf sich schon vor dem Mord an Sebastian des Öfteren heimlich in dessen Unterkunft aufgehalten haben könnte: An dem Schlüsselbund des Täters entdeckten die Ermittler einen nachgemachten Schlüssel für Sebastians Wohnungstür.

Auch heute plagt mich noch manchmal das schlechte Gewissen, weil ich mich an den Lästereien über die Wagners beteiligt habe, statt den Behörden das Treiben auf dem Hof der Familie zu melden. Ungeachtet seiner verkorksten Kindheit und der erlebten Enttäuschungen bin ich aber zu dem Schluss gekommen, dass Gundolf ganz allein für seine Tat verantwortlich ist.

DANK

Zunächst möchten wir unseren treuen Hörerinnen und Hörern danken. Eure Unterstützung ist unser Antrieb und euer Feedback unsere Inspiration. Ihr habt uns Mut gegeben, neue Wege zu gehen und unser Bestes zu geben.

Danke an unsere Freunde und Familien, allen voran Marcel, Adrian und Daniela, die uns stets den Rücken freihalten, uns bestärken und ermutigen.

Ein besonderer Dank gilt dem Carl Ueberreuter Verlag. Danke an Birgit Francan, die an unsere Idee geglaubt hat und uns mit Rat und Tat zur Seite stand. Danke an unsere wunderbare Lektorin Marina Hofinger für ihre professionelle Unterstützung, ihr unermüdliches Engagement und die amüsanten und herzlichen Feedback-Runden. Eure Expertise und Geduld haben dieses Buch entscheidend geprägt.

Ohne euch alle wäre dieses Buch nicht das geworden, was es ist.

QUELLEN

„Geheimcode 5412“

Arnsperger, M. et al. (07. Oktober 2009). Vierfachmord von Eislingen: „Der Frederik wird unser Sohn bleiben.“ Stern.de. www.stern.de/panorama/verbrechen/vierfachmord-von-eislingen--der-frederik-wird-unser-sohn-bleiben--3445910.html

Bäßler, R. (08. April 2019). Einer der Täter ist wieder auf freiem Fuß. Stuttgarter Zeitung. www.stuttgarter-zeitung.de/inhalt.vierfachmord-von-eislingen-einer-der-taeter-ist-wieder-auf-freiem-fuss.58421dcf-b58c-4edf-bfb7-3de704992610.html

Bilger, C. (24. Juni 2022). Der mörderische Code 5142: Ein Sohn löscht seine ganze Familie aus. Stuttgarter Nachrichten. www.stuttgarter-nachrichten.de/inhalt.true-crime-in-der-region-stuttgart-der-vierfachmord-von-eislingen.97f299b4-df86-4499-a6f1-57fea000c64d.html

Bote, S. (22. März 2019). Sohn droht Erwachsenenstrafrecht. Schwarzwälder Bote. www.schwarzwaelder-bote.de/inhalt.vierfachmord-eislingen-sohn-droht-erwachsenenstrafrecht.947e098c-c8de-4a67-92d2-a701eaa595a2.html

De, T. (31. März 2010). Urteil im Mordprozess Eislingen. tagesschau.de. www.tagesschau.de/multimedia/sendung/tagesschau_20_uhr/sendungsbeitrag-ts-36184.html

Döbele, R. (12. November 2021). Der Gerichtspsychiater und der Vierfachmord. www.zdf.de/nachrichten-sendungen/heute-sendungen/videos/eislingen-vierfachmord-gerichtspsychiater-truecrime-100.html

Dörries, B. (30. März 2010). Vierfachmord von Eislingen - Geheimcode 5142. Süddeutsche Zeitung. www.sueddeutsche.de/panorama/vierfachmord-von-eislingen-geheimcode-5142-1.4550

Friedrichsen, G. (12. Oktober 2009). Vierfachmord von Eislingen: Die netten Mörder vom Wirtschaftsgymnasium. DER SPIEGEL. www.spiegel.de/panorama/justiz/vierfachmord-von-eislingen-die-netten-moerder-vom-wirtschaftsgymnasium-a-654733.html

Hülser, D. (27. Juli 2022). Vierfachmord von Eislingen 2009: Einer der Täter ist wieder frei. SWP. www.swp.de/lokales/goeppingen/der-vierfachmord-von-eislingen-erschuetterte-ganz-deutschland-30680432.html

Manz, R. (16. April 2009). Vierfachmord in Eislingen: „Wir glauben an dich“

Frankfurter Allgemeine Zeitung. www.faz.net/aktuell/gesellschaft/kriminalitaet/vierfachmord-in-eislingen-wir-glauben-an-dich-1782941.html

Online, Z. (04. November 2009). Mord in Eislingen: Überraschendes Geständnis im Prozess um den Vierfachmord. ZEIT ONLINE. www.zeit.de/gesellschaft/zeitgeschehen/2009-11/eislingen-mord-gestaendnis

Podcast Vierfachmord von Eislingen – True Crime | Mörderische Freundschaft. (23. November 2020) ARD.de. www.ardaudiothek.de/episode/sprechen-wir-ueber-mord/vierfachmord-von-eislingen-true-crime-moerderische-freundschaft/swr-kultur/83443716/

Schmidt, B. (17. April 2009). Vierfachmord von Eislingen aufgeklärt. mz.de. www.mz.de/panorama/vierfachmord-von-eislingen-aufgeklart-2358870

Soldt, R. (31. März 2010). Vierfachmord von Eislingen: Das Urteil ist da, die Tat bleibt ein Rätsel. Frankfurter Allgemeine Zeitung. www.faz.net/aktuell/gesellschaft/kriminalitaet/vierfachmord-von-eislingen-das-urteil-ist-da-die-tat-bleibt-ein-raetsel-1951423.html

Spiegel, DER., Hamburg, & Germany. (n.d.). Vierfachmord von Eislingen. Spiegel.de; DER SPIEGEL. www.spiegel.de/thema/vierfachmord_von_eislingen/

WELT. (10. April 2009). Vierfachmord in Eislingen. Die Welt.www.welt.de/vermischtes/gallery3539347/Vierfachmord-in-Eislingen.html

WELT. (31. März 2010). Lebenslang für einen "gefühlskalten Sonnyboy“. Die Welt. www.welt.de/vermischtes/article7004263/Lebenslang-fuer-einen-gefuehlskalten-Sonnyboy.html

„Mord unter Kollegen“

AUGSBURGER ALLGEMEINE. (22. März 2010). Lange Haftstrafen: Bestatter begingen den „fast perfekten Mord.“ AUGSBURGER ALLGEMEINE. www.augsburger-allgemeine.de/bayern/Lange-Haftstrafen-Bestatter-begingen-den-fast-perfekten-Mord-id7511591.html

Bädorf, M. (03. Mai 2020). Der Bestatter. Stern.de. www.stern.de/panorama/verbrechen/stern-crime/fallgeschichten/der-bestatter-8939568.html

De, M. (22. März 2010). Bestattermord: Hohe Haftstrafen für Angeklagte. Merkur.de. www.merkur.de/deutschland/hohe-haftstrafen-bestatter-mordprozess-zr-684174.html

De, S. (22. März 2010). Mord ohne Leiche: Kollegen eingeäschert - Bestatter lebenslang in Haft. Stern.de. www.stern.de/panorama/verbrechen/mord-ohne-leiche-kollegen-eingeaeschert---bestatter-lebenslang-in-haft-3569406.html

De, T. (14. Februar 2010). Mord im Beerdigungsinstitut: Ex-Bestatter gesteht. Tz. www.tz.de/bayern/mord-im-beerdigungsinstitut-ex-bestatter-gesteht-66501.html

FOCUS online. (02. Februar 2010). Bestatter-Mord: Makabrer Mordfall vor Gericht in Nürnberg. FOCUS online. www.focus.de/panorama/makabrer-mordfall-vor-gericht-in-nuernberg-bestatter-mord_id_1940572.html

Görtz, F. (13. Juli 2009). Mordprozess in Erlangen: Ein nahezu perfektes Verbrechen. Faz.net; Frankfurter Allgemeine Zeitung GmbH. www.faz.net/aktuell/gesellschaft/kriminalitaet/mordprozess-in-erlangen-ein-nahezu-perfektes-verbrechen-1830915.html

Löw, U. (23. März 2010). Lebenslang für einen fast perfekten Mord. Nordbayern.de. www.nordbayern.de/politik/lebenslang-fur-einen-fast-perfekten-mord-1.656797

Nachrichten, N.-T. (22. März 2010). Mord in Bestattungsinstitut: Hohe Haftstrafen für Habgier. n-tv NACHRICHTEN. www.n-tv.de/panorama/Hohe-Haftstrafen-fuer-Habgier-article787150.html

Richter, E. (22. März 2010). Zwei Bestatter planten „den fast perfekten Mord." Hamburger Abendblatt. www.abendblatt.de/vermischtes/article107666973/Zwei-Bestatter-planten-den-fast-perfekten-Mord.html

Saarbrücker Zeitung (22. März 2010). Kollegen getötet: Bestatter schafften „den fast perfekten Mord." Saarbrücker Zeitung. www.saarbruecker-zeitung.de/nachrichten/panorama/kollegen-getoetet-bestatter-schafften-den-fast-perfekten-mord_aid-486173

Spiegel, DER. (02. Februar 2010). Ungewöhnlicher Mordprozess: Bestatter sollen Bestatter erschlagen haben. DER SPIEGEL. www.spiegel.de/panorama/justiz/ungewoehnlicher-mordprozess-bestatter-sollen-bestatter-erschlagen-haben-a-675454.html

Spiegel, DER. (22. März 2010). Opfer heimlich eingeäschert: Bestatter wegen heimtückischen Mordes verurteilt. DER SPIEGEL. www.spiegel.de/panorama/justiz/opfer-heimlich-eingeaeschert-bestatter-wegen-heimtueckischen-mordes-verurteilt-a-685022.html

Stemmler, S. (10. Juni 2009). Mord ohne Leiche: Bestatter angeklagt. Nordbayern.de. www.nordbayern.de/region/mord-ohne-leiche-bestatter-angeklagt-1.539412

Süddeutsche Zeitung. (22. März 2010). Mordprozess in Nürnberg – Lebenslang für Bestatter. Süddeutsche Zeitung. www.sueddeutsche.de/bayern/mordprozess-in-nuernberg-lebenslang-fuer-bestatter-1.20189

Süddeutsche Zeitung. (22. Dezember 2010). Mordprozess in Selb – Lebenslänglich für Bestatter. Süddeutsche Zeitung. www.sueddeutsche.de/

bayern/mordprozess-in-selb-lebenslaenglich-fuer-bestatter-1.1039255
WELT (23. März 2010). Bestatter töten Kollegen: „Ein fast perfekter Mord." Die Welt. www.welt.de/welt_print/vermischtes/article6890733/Bestatter-toeten-Kollegen-Ein-fast-perfekter-Mord.html

„Die verlorene Tochter"

FOCUS online. (11. Juni 2012). Lolita Briegers Tod bleibt nach 30 Jahren ohne Strafe: Gericht hält Landwirt für schuldig – und spricht ihn frei. FOCUS online. www.focus.de/panorama/welt/gericht-haelt-landwirt-fuer-schuldig-und-spricht-ihn-frei-lolita-briegers-tod-bleibt-nach-30-jahren-ohne-strafe_id_2037652.html

Hammes, R. (12. September 2022). True-Crime-Podcast: Kommissar spricht über Eifeler Fall Lolita Brieger. Rundschau Online. www.rundschau-online.de/region/euskirchen-eifel/dahlem/true-crime-podcast-kommissar-spricht-ueber-eifeler-fall-lolita-brieger-354511

Klaubert, D. (27. Mai 2012). Mordanklage nach 30 Jahren: Lolita und Josef. Frankfurter Allgemeine Zeitung. www.faz.net/aktuell/gesellschaft/kriminalitaet/mordanklage-nach-30-jahren-lolita-und-josef-11764849.html

MordOrte, W. L. [@wdrlokalzeitmordorte]. (25. Juli 2022). Lolita Brieger: Ihr Tod bleibt für immer ungestraft | Lokalzeit MordOrte. Youtube. www.youtube.com/watch?v=KX8tgQKv0dI

Tod in der Eifel – Der Fall Lolita Brieger Dokumentation NEU 2017.

(20. Januar 2017).Wikipedia contributors. (o. J.). Lolita Brieger. Wikipedia, The Free Encyclopedia. de.wikipedia.org/w/index.php?title=Lolita_Brieger&oldid=242538820

(O. J.-a). Reporter-forum.de. archiv.reporter-forum.de/fileadmin/pdf/Reporterpreis_2012/Reportage/Ahr_Gottes_Muehlen.pdf

(O. J.-b). Youtube.com. www.youtube.com/watch?v=XeHX4tEPymU

„Der Nachbar"

Althaus, J. (04. Dezember 2017). Tatort S-Bahn: Das „Tier von Rummelsburg" überfiel 31 Frauen im Zug. Die Welt. www.welt.de/geschichte/zweiter-weltkrieg/article171228168/Das-Tier-von-Rummelsburg-ueberfiel-31-Frauen-im-Zug.html

Aubreville, P. (11. November 2021). Auf der Jagd nach dem S-Bahn-Mörder. Berliner Zeitung. www.berliner-zeitung.de/b-history/crime/auf-derjagd-nach-dem-s-bahn-moerder-li.188533

BLZ. (09. April 1996). Ein Tier unter der Uniform. Berliner Zeitung. www.berliner-zeitung.de/archiv/kriminalautor-ky-auf-den-spuren-des-frauenmoerders-ogorzow-ein-tier-unter-der-uniform-li.1182323

De, S. (19. Mai 2020). Der S-Bahn-Mörder von Berlin. Stern.de. www.stern.de/panorama/verbrechen/stern-crime/fallgeschichten/der-s-bahn-moerder-von-berlin-8848306.html

Die schlimmsten deutschen Serienmörder. (06. April 2023). stern.de. www.stern.de/panorama/verbrechen/die-schlimmsten-deutschen-serienmoerder_6858384-6858272.html

Movies are better with scene [@Moviesarebetterwithscene]. (26. Oktober 2021). Paul Ogorzow – Der S-Bahn-Mörder. Youtube. www.youtube.com/watch?v=yVF1YndIH2Q

Plötzensee, G. (o. J.). Mord durch Fallbeil und Strang – Gedenkstätte Plötzensee. Gedenkstaette-ploetzensee.de. www.gedenkstaette-ploetzensee.de/mord-durch-fallbeil-und-strang

Plötzensee, G. (o. J.) Rechnung – Gedenkstätte Plötzensee. Gedenkstaette-ploetzensee.de. www.gedenkstaette-ploetzensee.de/mord-durch-fallbeil-und-strang/rechnung

Schilp, S. (30. April 2015). Max Klante und Paul Ogorzow – zwei berüchtigte Karlshorster. Berliner Woche. www.berliner-woche.de/karlshorst/c-kultur/max-klante-und-paul-ogorzow-zwei-beruechtigte-karlshorster_a76126

Spiegel, DER. (25. Januar 1950). DAS SPIEL IST AUS – ARTHUR NEBE. DER SPIEGEL. www.spiegel.de/politik/das-spiel-ist-aus-arthur-nebe-a-044ed5f7-0002-0001-0000-000044446303

(N. d.). Spiegel.de. magazin.spiegel.de/EpubDelivery/spiegel/pdf/44446303

Wie ein Tier. (n.d.). Jaron Verlag. www.jaron-verlag.de/product-page/wie-ein-tier

„Acht Schüsse“

De, M. (o. J.) Selbstjustiz im Medieninteresse. Mediendiskurs.online. mediendiskurs.online/beitrag/selbstjustiz-im-medieninteresse-beitrag-1122/

De, T. (n. d.). 40 Jahre Marianne Bachmeier Attentat. Taz.de. blogs.taz.de/ungehorsam/40-jahre-marianne-bachmeier-attentat/

De, W. Marianne Bachmeier. (26. Februar 2008). DIE WELT. www.welt.de/vermischtes/gallery1725293/Marianne-Bachmeier.html

(Haber), D. R. (16. September 2015). 02. November 2007 – Vor 25 Jahren: Prozessbeginn gegen Marianne Bachmeier. wdr.de. www1.wdr.de/stichtag/stichtag5732.html

Kirchner, P. [@petrakirchner]. (12. November 2023). Das langsame Sterben der Marianne Bachmeier [Reportage]. Youtube. www.youtube.com/watch?v=OoYZAKBuU1I

Mauz, G. (15. März 1981). Drei Opfer sind zu beklagen. DER SPIEGEL. www.spiegel.de/politik/drei-opfer-sind-zu-beklagen-a-32b05 8d2-0002-0001-0000-000014319511

Spiegel, DER. (07. November 1982). „Ohne kollegiale Rücksichtnahme". DER SPIEGEL. www.spiegel.de/politik/ohne-kollegiale-ruecksichtnahme-a-08b42e36-0002-0001-0000-000014354287

Spiegel, DER. (15. August 1982). Der einzige, dem sie ihre Geschichte erzählte. DER SPIEGEL. www.spiegel.de/politik/der-einzige-dem-sie-ihre-geschichte-erzaehlte-a-b2b88acd-0002-0001-0000-000014346354

Spiegel, DER. (06. Juli 1993). marianne-bachmeier-interview. DER SPIEGEL. www.spiegel.de/video/marianne-bachmeier-interview-video-99009785.html

Spiegel, DER., Hamburg, & Germany. (n. d.). Marianne Bachmeier. DER SPIEGEL. www.spiegel.de/thema/marianne_bachmeier/

Süddeutsche Zeitung. (17. Mai 2010). Selbstjustiz: Marianne Bachmeier – Die Rache einer Mutter. Süddeutsche Zeitung. www.sueddeutsche.de/panorama/selbstjustiz-marianne-bachmeier-die-rache-einer-mutter-1.285988

SWR. (06. März 2023). 06.03.1981: Marianne Bachmeier übt Selbstjustiz. swr.online; SWR2. www.swr.de/swr2/leben-und-gesellschaft/06031981-marianne-bachmeier-uebt-selbstjustiz-100.html

Truscheit, K. (05. März 2021). Fall Marianne Bachmeier: Mutter erschoss Mörder ihrer Tochter. Frankfurter Allgemeine Zeitung. www.faz.net/aktuell/gesellschaft/kriminalitaet/fall-marianne-bachmeier-mutter-erschoss-moerder-ihrer-tochter-17227900.html

Wenn Frauen töten: Marianne Bachmeier. (18. September 2020). ZDFinfo Doku.

„Der Fall ihres Lebens"

Althaus, J. (16. Februar 2024). Säurefass-Mörder: Er zersägte Leichen und warf die Teile in ein Fass mit Säure. Die Welt. www.welt.de/geschichte/article250074054/Saeurefass-Moerder-Er-zersaegte-Leichen-und-warf-die-Teile-in-ein-Fass-mit-Saeure.html

De, R. T. L. (29. September 2023). Hamburg: Fall aus dem 90ern! Ohne diese Polizisten wäre der Säurefassmörder wohl nie gefasst worden. Rtl.de. www.rtl.de/cms/hamburg-fall-aus-dem-90ern-ohne-diese-polizisten-waere-der-saeurefassmoerder-wohl-nie-gefasst-worden-5061222.html

Goos, H. (02. Januar 2005). Der Großwildjäger. DER SPIEGEL. www.spiegel.de/panorama/der-grosswildjaeger-a-02136fca-0002-0001-0000-000038785504

Kühlberg, J. (16. Februar 2024). „Die Unsichtbaren": Doku über die Aufklärung der Säurefassmorde. Ndr.de; NDR. www.ndr.de/kultur/film/Die-Unsichtbaren-Doku-die-Aufklaerung-der-Saeurefassmorde,saeurefassmorde100.html

Lambernd, J. (15. März 2024). „Die Unsichtbaren": Neue Doku über Säurefass-Morde in Hamburg im Kino. Ndr.de; NDR. www.ndr.de/geschichte/chronologie/Saeurefass-Morde-Wie-eine-Polizistin-Fall-ins-Rollen-brachte,saeurefassmoerder100.html

Ley, R. (14. Februar 2024). Sie fasste den Säurefassmörder: Doku „Die Unsichtbaren" erzählt von Marianne Atzeroth-Freier. Lübecker Nachrichten. www.ln-online.de/kultur/regional/sie-fasste-den-saeurefassmoerder-doku-die-unsichtbaren-erzaehlt-von-marianne-atzeroth-freier-C7ZF7EY7DVEBXDUZEBQLXREIWQ.html

Mauz, G. (26. Mai 1996) „Mal kräftig reingehackt" DER SPIEGEL. www.spiegel.de/politik/mal-kraeftig-reingehackt-a-b9e655a7-0002-0001-0000-000008928489

Mediengruppe, F. (12. Januar 2023). „Gefesselt": Amazon Prime zeigt Hamburger Kriminalfall vom Säurefassmörder. Hamburger Abendblatt. www.abendblatt.de/hamburg/article237324093/true-crime-streaming-amazon-prime-saeurefassmoerder-hamburg.html

Rückert, S. (08. Mai 2008). Amstetten: Noch ein Keller. ZEIT ONLINE. www.zeit.de/2008/20/Amstetten

Sönnichsen, T. (09. Februar 2024). Die Frau, die den Säurefassmörder überführte. Cellesche Zeitung. www.cz.de/celle/celle/neue-doku-im-kino-die-frau-die-den-saeurefassmoerder-ueberfuehrte

Tageszeitung, T. D. (23. Mai 1996). „Kaum zu übertreffen". Taz.de. taz.de/Kaum-zu-uebertreffen/!1456082/

Thies, H. (2014). Hilferuf aus dem Folterkeller: Die Hamburger Säurefassmorde. Eine Spurensuche. Verlag zu Klampen.

von Appen, K. (12. Januar 1995). „Bin kein Monstrum". Taz.de. taz.de/Bin-kein-Monstrum/!1452607/

„Selbstjustiz“

Bernstein, I. (10. November 2016). Fall Kalinka – „Die deutsche Justiz war blind.“ Süddeutsche Zeitung. www.sueddeutsche.de/bayern/fall-kalinka-die-deutsche-justiz-war-blind-1.3241845

Bremer, H.-H. (18. Juni 2014). Fall Kalinka: Milde Strafe für André Bamberski. Der Tagesspiegel. www.tagesspiegel.de/gesellschaft/panorama/milde-strafe-fur-andre-bamberski-6106768.html

Der Fall Kalinka Bamberski. (07. November 2021). ZDFinfo Doku.

De. W. Der Fall Kalinka: Vater des toten Mädchens begeht Selbstjustiz.

(22. Oktober 2009). DIE Welt. www.welt.de/vermischtes/gallery4935220/Vater-des-toten-Maedchens-begeht-Selbstjustiz.html

Frankfurter Allgemeine Zeitung. (22. Oktober 2011). Fall Kalinka: Deutscher Arzt in Paris verurteilt. Frankfurter Allgemeine Zeitung. www.faz.net/aktuell/politik/ausland/fall-kalinka-deutscher-arzt-in-paris-verurteilt-11502120.html

Hammer, J. (06. März 2012). The Kalinka affair. The Atavist Magazine. magazine.atavist.com/the-kalinka-affair/

Holzer, B. (26. November 2020). Kriminalität: Kriminalfall Kalinka: Nun ist Täter Dieter Krombach gestorben. AUGSBURGER ALLGEMEINE. www.augsburger-allgemeine.de/bayern/Kriminalitaet-Kriminalfall-Kalinka-Nun-ist-Taeter-Dieter-Krombach-gestorben-id58618051.html

Kröll, J. (10. Juli 2022). Kalinka Bamberski: Der Tod eines Mädchens wird zum Justiz-Krimi. Stern.de. www.stern.de/panorama/verbrechen/kalinka-bamberski--der-tod-eines-maedchens-wird-zum-justiz-krimi-32509436.html

Nachrichten, N.-T. (27. November 2012). Der Fall Kalinka: Eine Chronologie. n-tv NACHRICHTEN. www.n-tv.de/panorama/Eine-Chronologie-article9617166.html

Nürnberg, & Germany. (29. März 2011). Fall Kalinka: Mutter tritt in den Zeugenstand. Nordbayern.de. www.nordbayern.de/fall-kalinka-mutter-tritt-in-den-zeugenstand-1.1118179

Rundfunk, B. (12. Oktober 2016). Premiere in Lindau: Kinofilm zeigt Drama um den Fall Kalinka. Bayerischer Rundfunk. www.br.de/nachricht/schwaben/inhalt/kalinka-lindau-entfuehrung-102.html

Rundschau, F. (20. Januar 2019). Warum starb Kalinka? Frankfurter Rundschau. www.fr.de/panorama/warum-starb-kalinka-11366515.html

Spiegel, DER. (21. Februar 2020). Mordfall Kalinka: Stiefvater aus Haft entlassen. DER SPIEGEL. www.spiegel.de/panorama/justiz/mordfall-kalinka-stiefvater-aus-haft-entlassen-a-2213ae2e-ae24-4dff-b771-91d77afcc0ab

Spiegel, DER., Hamburg, & Germany. (n. d.). Der Fall Kalinka. Spiegel.de; DER SPIEGEL. www.spiegel.de/thema/fall_kalinka/

Süddeutsche Zeitung. (09. November 2016). Fall Kalinka – Folgenschwere Pannen. Süddeutsche Zeitung. www.sueddeutsche.de/bayern/fall-kalinka-folgenschwere-pannen-1.3242207

Tagesspiegel, D. (20. Oktober 2016). „Im Namen meiner Tochter": Film über den Fall Kalinka. Der Tagesspiegel. www.tagesspiegel.de/kultur/film-uber-den-fall-kalinka-3766318.html

WELT. (31. März 2011). Mordprozess in Paris: Kalinkas Mutter schloss Dieter K.s Schuld immer aus. Die Welt. www.welt.de/vermischtes/weltgeschehen/article13032195/Kalinkas-Mutter-schloss-Dieter-K-s-Schuld-immer-aus.html

Wiegel, M. (01. April 2011). Kalinka-Prozess: „Er war ein Schürzenjäger, intelligent und charmant." Frankfurter Allgemeine Zeitung. www.faz.net/aktuell/gesellschaft/kriminalitaet/kalinka-prozess-er-war-ein-schuerzenjaeger-intelligent-und-charmant-1624099.html

„Tod auf der Pferderanch"

Anzeiger, H. (12. Dezember 2019). Klock-Prozess: Wie pleite waren die Klocks? Hanauer Anzeiger. www.hanauer.de/hanau/klock-prozess-pleite-waren-klocks-13296195.html

Anzeiger, H. (14. Dezember 2019). Geständnis im Fall Klock. Hanauer Anzeiger. www.hanauer.de/hanau/gestaendnis-fall-klock-13311994.html

Aufsehenerregendes Urteil im Prozess um das getötete Ehepaar Klock in Maintal: Freisprüche für die zwei Angeklagten. Der 61 Jahre alte Vater und sein ... | von hessenschauFacebook. (n. d.).

De, O.-O. (12. Dezember 2019). Nach Zeugenaussage: Neue Fragen im Klock-Prozess. Op-online.de. www.op-online.de/region/main-kinzig-kreis/nach-zeugenaussage-neue-fragen-klock-prozess-13297733.html

Der „Maintaler Mordfall" geht in die dritte Runde. (n. d.). Jura Online | Der juristische Fachblog von Jura Online. jura-online.de/blog/2021/04/28/der-maintaler-mordfall-geht-in-die-dritte-runde/

Frankfurter Allgemeine Zeitung (04. August 2015). Getötetes Ehepaar aus Maintal: Die Opfer und ihr Richter. Frankfurter Allgemeine Zeitung. www.faz.net/aktuell/rhein-main/getoetetes-ehepaar-aus-maintal-die-opfer-und-ihr-richter-13733222.html

Lang, A.-S. (22. April 2021). Landgericht Frankfurt: Runde drei im Prozess um Tod von Ehepaar Klock in Maintal nach Freisprüchen. Frankfurter Allgemeine Zeitung. www.faz.net/aktuell/rhein-main/landgericht-frankfurt-runde-drei-im-prozess-um-tod-von-ehepaar-klock-in-maintal-nach-freispruechen-17306911.html

Lang, A.-S. (09. Oktober 2023). Urteil zu Pferderanch in Maintal rechtskräftig: Prozess um getötetes Ehepaar. Frankfurter Allgemeine Zeitung. www.faz.net/aktuell/rhein-main/urteil-zu-pferderanch-in-maintal-rechtskraeftig-prozess-um-getoetetes-ehepaar-19231366.html

Langemann, S. (05. Oktober 2021). Eine jahrelange Odyssee für alle Beteiligten. ZEIT ONLINE. www.zeit.de/2021/40/todesfall-klock-miet-streit-notwehr-mord-ehepaar-bundesgerichtshof/seite-2

Langemann, S. (05. Oktober 2021). Todesfall Klock: Notwehr – oder Mord? ZEIT ONLINE. www.zeit.de/2021/40/todesfall-klock-miet-streit-notwehr-mord-ehepaar-bundesgerichtshof/komplettansicht

Preußer, C. (10. September 2021). Entsetzen und Entrüstung. Frankfurter Neue Presse. www.fnp.de/hessen/entsetzen-entruestung-10873310.html

Wieder Freisprüche im Klock-Prozess: Aber acht Monate wegen unerlaubten Waffenbesitz. (20. April 2020). Fuldaer Zeitung. www.fuldaerzeitung.de/kinzigtal/wieder-freisprueche-klock-prozess-aber-acht-monate-wegen-unerlaubten-waffenbesitz-13670199.html

Zeitung, F. (21. April 2021). Notwehr oder doch Doppelmord? – Gewaltsamer Tod eines Ehepaars aus Maintal zum dritten Mal vor Gericht. Fuldaer Zeitung. www.fuldaerzeitung.de/kinzigtal/maintal-gewaltsamer-tod-ehepaar-notwehr-doppelmord-gericht-90468196.html

„Tödliche Eifersucht"

Goldapp, N. (23. September 2016). Gerwald Claus-Brunner: Die Chronik der perfiden Tat. Die Welt. www.welt.de/vermischtes/article158331082/Claus-Brunner-am-Tattag-mit-der-Sackkarre-vorm-Spaeti.html

Herrnkind, K. (30. Oktober 2016). Gerwald Claus-Brunner: Terror bis in den Tod. Stern.de. www.stern.de/gesellschaft/gerwald-claus-brunner--terror-bis-in-den-tod-7121912.html

Tsokos, M. (2017). Auf Kaperfahrt. In Die Zeichen des Todes: Neue Fälle von Deutschlands bekanntestem Rechtsmediziner (1. Aufl.). Droemer.

Wikipedia contributors. (o. J.). Gerwald Claus-Brunner. Wikipedia, The Free Encyclopedia. de.wikipedia.org/w/index.php?title=Gerwald_Claus-Brunner&oldid=241271589

(O. J.-c). Archive.org. web.archive.org/web/20110423112532/http://flaschenpost.piratenpartei.de/2011/04/19/kandidateninterview-%E2%80%93-11-%E2%80%93-gerwald-claus-brunner/